구름 사냥꾼의 노래 2

SKY RUN

구름 사냥꾼의 노래 2

― 마지막 스카이러너

알렉스 쉬어러 지음
윤여림 옮김

미래인

구름사냥꾼의 노래 2 – 마지막 스카이러너

1판 1쇄 펴낸날 2021년 3월 15일

지은이 알렉스 쉬어러 **옮긴이** 윤여림 **펴낸이** 김민지 **펴낸곳** 미래M&B
책임편집 황인석 **디자인** 서정민 **영업관리** 장동환, 김하연
등록 1993년 1월 8일(제10-772호) **주소** 서울시 마포구 동교로 134(서교동 464-41) 미진빌딩 2층
전화 02-562-1800(대표) **팩스** 02-562-1885(대표) **전자우편** mirae@miraemnb.com
홈페이지 www.miraeinbooks.com **블로그** blog.naver.com/miraeibooks

ISBN 978-89-8394-905-9 03840

차례

하늘 끝 외딴섬

페기의 이야기

지난 생일에 나는 백스무 살이 되었다. 어떤 곳에서는 오래 살아서 좋겠다고 할지 모르지만, 여기서는 딱히 그렇지 않다. 무엇보다 10대 아이들을 돌볼 만한 나이는 절대 아니다. 그것만큼은 장담할 수 있다.

나에겐 두 명의 10대 아이가 있다. 정확히 말하자면 내 아이들은 아니다. 그렇다고 가족이 아닌 것도 아니다. 이 아이들은 나한테 고손자 혹은 몇 다리 건너 친척 정도 될 것이고, 어쩌다 보니 내가 떠맡게 되었다.

가족이란 게 이렇다. 그들이 필요로 할 때는 언제든 기어코 우리를 찾아내고야 만다. 정작 우리가 그들이 필요해 찾으려 하면 나타나지도 않고 잘도 피해 가면서 말이다.

나는 60년간 이 외딴 바위섬에서 농사를 지으며 살았다. 저 건너편 섬에 살고 있는 사람이 가장 가까운 이웃이다. 그곳은 소리를 지르면 들릴 만큼 가까우면서도 내키지 않을 때는 무시해도 좋을 만큼 멀다. 나는 그 소리를 자주 무시하곤 하는데, 그건 그쪽도 마찬가지다.

여기는 이 세계의 고속도로나 마찬가지인 중심 기류로부터 아주 멀리 떨어져 있어서 한 주기 동안 찾아오는 사람이 아예 없을 정도다. 가끔 들르는 구름사냥꾼만 빼면 말이다. 나는 이들에게서 가끔 물을 살 때가 있다. 섬에 압축 장치가 있지만 낡아서 신통치는 않다.

만나는 사람이라곤 구름사냥꾼들과 건너편 섬에 사는 이웃이 전부다. 그 이웃도 나처럼 나이가 많고 꽤 까다로운 편이다. 그래도 여기서는 특별히 아프지 않고 치아만 튼튼하면 문제될 게 없다. 하지만 그걸 잃으면 전부를 잃게 된다.

건너편 섬에 사는 벤 할리 영감은 까다롭기보다는 성미가 고약하다. 그래도 그가 나를 챙긴다는 걸 알고 있다. 나 역시 그를 챙긴다. 오로지 내가 먼저 그를 묻어주는 기쁨을 맛보기 위해서 말이다.

나는 결혼을 한 번 한 적이 있지만 남편을 먼저 보냈다. 그후 더 이상 결혼은 하지 않겠다고 결심했다. 자식은 셋이 있었는데 다들 사회로 나갔고, 나 홀로 이곳에 오게 됐다. 이후 나는 이 바위섬에 대한 소유권을 주장했고, 아무도 거기에 이견을 달지 않았다. 아마 원하는 사람이 아무도 없었기 때문일 것이다.

나는 내 자식들보다도 오래 살고 있다. 자식들보다 오래 산다는 것은 기분이 참 묘한 일이다. 모든 게 뒤죽박죽 잘못되고 부자연스럽게 돌아가는 느낌이다. 자식들에게 차마 하지 못할 일을 저지른 것만 같고, 내가 먼저 갔어야 한다는 생각이 든다.

여하튼 나는 이렇게 시간을 보내며 살고 있다. 온실에서 과일과 채소를 재배하고, 망을 꺼내서 하늘해파리를 잡는다. 내겐 하늘고양이가 한 마리 있는데, 쓸모없기로는 둘째가라면 서러울 정도로 할 줄 아는 게 먹는 것밖에 없다. 또 섬 저편에는 하늘물개 한 마리가 머물고 있다. 나는 지독한 냄새가 나는 이 물개를 섬에 들인 적이 없다. 하지만 쫓아내긴 어려울 것 같고, 쫓아낸다 하더라도 다시 돌아오고 말 것이다.

섬은 그리 크지 않지만 천천히 섬을 다 둘러보는 데는 하루가 걸린다. 섬에는 동력을 얻는 데 필요한 태양전지판이 갖춰져 있고, 적정 거리 내에서는 휴대전화로 소통할 수 있다. 하지만 그게 전부다.

그러던 어느 날, 그러니까 지금으로부터 8년 전, 하늘배 한 척이 이쪽을 향해 다가왔다. 간혹 배들이 어딘가로 가는 길에 이곳을 지나치기도 해서 별다른 생각은 하지 않았다.

배가 가까워 오자 늙은 하늘고양이가 힘을 내서 여섯 발로 일어섰다.(의아해할 필요는 없다. 원래 이렇게 생긴 녀석이니까.) 하늘고양이는 원래 호기심이 많은 동물이지만 굉장히 게으르다. 낯선 일이 벌어지거나 눈앞에 아주 맛있는 음식이 보일 때만 엉덩이를 뗀다.

내 배는 부둣가에 묶여 있었다. 스카이러너로 알려진 기종인데, 질주는커녕 느릿느릿 나아가기 때문에 하늘거북이라고 부르는 게 더 어울릴 것이다. 빠르진 않지만 어떻게든 목적지에 데려다주기는 한다. 못 가면 별수 없는 일이고.

문득 어떤 배가 다가오고 있는 건지 궁금해졌다. 편지를 받아 본 지 오래되긴 했지만, 우편선처럼 보이진 않았다. 그때 내 눈에 얼굴에 흉터가 있고 문신을 한 사람이 들어왔다. 말할 것도 없이 구름사냥꾼이었다. 그런데 자세히 보니, 흉터가 없고 햇빛에 까무잡잡하게 그을리지도 않은 두 개의 얼굴도 보였다. 그들은 주렁주렁한 팔찌나 단정치 못한 귀걸이를 하지도 않았고, 아주 오랜 시간 어두운 방에서만 산 것처럼 창백하고 병약해 보였다. 보아하니 대여섯 살, 많아봤자 일곱 살 정도 돼 보이는 남자애와 여자애였다.

구름사냥선이 가까이 오자, 나는 바위 위에 서서 그들에게 소리쳤다.

"아직은 물이 충분히 있네, 친구! 그러니 굳이 배를 세울 필요는 없어. 자네들 시간을 뺏고 싶지 않아서 말이야."

보통은 이 정도로 말하면 구름사냥꾼들이 그냥 지나쳐 갈 텐데, 오늘은 그렇지 않았다.

"페기 할머니, 오늘은 정박해야 해요!" 방향타를 잡고 있던 사내가 소리쳤다.

몇 번 물을 샀던 터라, 나는 그 사내의 얼굴을 금세 알아봤다. 그의 이름은 칼리어였던 것 같다. 구름사냥꾼들은 하나같이 생전 들어보지 못한 특이한 이름을 갖고 있다.

"무슨 문제라도 있으신가?"

"평소랑 비슷하죠. 그런데 전달할 게 있어요."

"뭔데 그래?"

그는 대답하지 않았다.

부두에 배를 정박한 뒤 그가 돛을 접었다. 배 안에는 칼리어와 그의 아내, 두 명의 아이가 있었다. 그리고 그들에 비하면 얼굴이 백지장처럼 하얀 또 다른 아이들이 두 명 더 있었다. 이렇게까지 창백한 얼굴을 본 건 처음이었다.

"그래, 이번엔 어느 쪽으로 가나?"

"그야 구름이 있는 곳이죠."

"이 근방엔 구름이 없네."

"네, 아직은 없죠. 그런데 수색꾼이 말하길, 구름이 점점 다가오고 있다고 하더군요."

칼리어가 갑판에 앉아서 빠른 젓가락질로 하늘새우를 먹고 있는 뚱뚱한 사람을 가리켰다. 대개 구름사냥꾼은 날씬하고 날렵한 몸매를 갖고 있지만 이 수색꾼은 예외였다. 어쩌면 먹는 게 그의 유일한 취미일지도 모르겠다.

"그럼 내가 뭘 도와주면 될까?"

"타눅, 애들을 데려와."

칼리어가 이렇게 말하자, 수색꾼이 창백한 낯빛의 두 아이한테 가더니 소지품을 챙기게 한 뒤 그 애들을 데리고 왔다.

"잠깐, 거기 딱 멈추게. 도대체 누가 자네들한테 내가 아이를 원할 거라는 생각을 심어줬는지 몰라도, 잘못 안 거야. 내 나이가 백열두 살이야. 아이 키우는 일은 진즉에 끝냈지. 그러니 고맙지만 사양하겠어."

"선택의 여지가 없어요, 페기 할머니." 칼리어가 말했다. "제 임무는 이 애들을 여기 데려다주는 거고, 저는 그 임무대로 애들을 데려온 것뿐이에요."

"그렇다면 애들을 자네 배에 태워 도로 데려가면 되겠군."

두 아이는 조금 당황스럽고 불안한 눈치였다. 그건 어쩌면 당연한 일이었다. 내가 그 애들이라도 느닷없이 나 같은 사람을 만나면 무서울 테니 말이다.

"이제 그만."

나는 부두에 버티고 서서 그 애들을 막았다.

"페기 할머니, 이 애들은…."

"말했잖아. 난 애들을 원치 않는다니까."

칼리어는 내 말을 듣지 않았다. 원래 구름사냥꾼들은 말을 잘 듣지 않는다. 특히 듣기 싫은 말을 할 때면 더더욱.

"이것도 받으세요. 애들과 함께 전달할 물건이에요."

칼리어가 나한테 가죽으로 된 가방을 건넸다. 그 안에는 상당히 많은 양의 돈과 편지가 들어 있었다.

"이게 뭐야?"

"읽어보세요."

"자네도 읽어봤나?"

"전 글을 못 읽어요."

이렇게 말하는 칼리어의 얼굴에는 일말의 창피함 같은 건 찾아볼 수 없었다. 마치 누군가 "수영 못해요" 혹은 "피아노 못 쳐요"라는 말을 내뱉을 때처럼 아무 일도 아니라는 듯.

나는 편지를 열어 봤다.

친애하는 매킨리 부인….

시작부터 마음에 안 들었다. 매킨리는 60년 전에 죽었는데, 아직도 사람들은 나를 그의 성으로 부른다. 나는 원래 내 성인 피어시를 되찾고 싶다고 시청에도 얘기해뒀지만, 시청 담당자가 내 메시지를 못 받은 건지, 아니면 안 듣기로 한 건지 나로서는 알 수가 없었다. 시청은 여기서 몇 주나 배를 타고 가야 할 만큼 멀리 떨어진 섬에 있다.

여하튼 여기서 그 편지의 내용을 주저리주저리 읊진 않겠다. 편지는 여러 장이나 됐고 그보다 많은 분량의 보충 자료, 즉 가계도, 혈통서, 각종 사회 보장 서류, 혼인 증명서, 출생 신고서, 사망 신고서, 그리고 내 앞에 있는 두 아이가 불행하게도 해적들에 의해 고아가 됐다는 신문 기사까지 동봉되어 있었다.

아이들은 구멍 뗏목을 타고 어둠의 제도 주변을 떠돌다가 발견되었다. 아이들의 부모는 실종 상태였고, 사망했을 것으로 추정되었다. 모든 섬들을 대대적으로 조사했지만 아이들의 가까운 친척이라곤 단 한 명도 찾을 수 없었다.

그 결과, 지금 내가 길을 막고 서서 이 편지를 읽게 된 것이다.

주변이 조금씩 복닥거리기 시작했다. 덜 구워진 빵 반죽 같은 두 개의 얼굴이 나를 올려다보고 있었다. 건포도 같은 그 눈에는 두려움, 의심, 그리고 일종의 순진한 믿음이 가득 차 있었다.

곧이어 칼리어 역시 부두로 발을 들였다.

"거기 멈추게. 아직 다 안 읽었어."

"읽는다는 건 시간이 꽤 필요한 일인가 보군요."

"생각해야 할 게 있어서 그래."

"생각할 게 뭐가 있어요? 폐기 할머니는 이 애들의 가족이잖아요. 그러니까 할머니가 이 애들을 거둬서 돌봐주셔야죠."

"그건 내가 판단할 일이야."

솔직히 첫 번째로 든 생각은 칼리어의 말이 사실일까 하는 것이었다. 보충 자료가 있든 없든 말이다. 두 번째로는 만일 이게 전부 사실일지라도 이 아이들과 나는 너무 먼 친척 관계라 남이나 다를 바 없다는 것이었다.

아이들뿐만 아니라 그 부모의 이름도 생소했다. 아이들의 부모의 부모 중 한 명 정도는 이름을 알 것 같았지만, 그것은 그저 빈약한 연결 고리일 뿐이다. 메트로 아일랜드의 시청이 하는 일이 그렇다. 그들은 복지 비용을 한 푼이라도 아낄 수만 있다면 무슨 일이든 할 것이다. 이 불쌍한 아이들을 머나먼 친척인 나한테 얼렁뚱땅 넘겨버리고는, 칼리어가 말한 것처럼 내 핏줄이니 알아서 하라고 하면 그만인 것이다.

"그럼 저희도 잠시 섬에 들어가서 다리 좀 뻗어도 될까요?" 칼리어가 말했다.

"그리고 뭐라도 좀 먹을 수 있으면…." 수색꾼이 덧붙였다.

"잠깐만. 저 애들을 자네가 맡으면 어떤가?"

칼리어가 나를 보고 자기 아내를 보더니 나한테 되물었다.

"저희요?"

"구름사냥꾼으로 키우면 되잖아. 안 그래? 성년식 때 흉터를 새겨주면 아주 귀여울 것 같은데."

그러자 한 아이가 움찔했고, 다른 아이는 끔찍하다는 표정을 지었다.

칼리어가 머리를 절레절레 흔들었다.

"그럴 순 없어요. 우리랑은 피가 안 섞였는걸요."

"난 상관없어. 애들을 데려갈 수 있도록 동의서에 서명해주겠네. 돈도 다 자네가 가져."

칼리어가 아내를 보고는 수색꾼을 봤다. 나는 그가 내 말에 넘어갔다고 확신했다. 구름사냥꾼에게 아이들은 자산이다. 왜 그런지는 나도 잘 모르겠다. 아이들이란 돈 잡아먹는 존재이며, 뜬눈으로 밤을 지새우게 만들고, 함께 어딘가 갈 때면 도착하려면 얼마나 남았냐는 질문을 무한 반복하며 귀찮게 구는데 말이다.

하지만 칼리어의 아내가 고개를 저었다.

"그건 옳지 않은 일이에요. 저 애들은 할머니 가족이잖아요. 그러니 할머니 방식대로 키워야 해요."

"난 방식이란 게 없는걸."

"할머니는 육지에 살잖아요. 우린 방랑자예요."

"내가 보기엔 크게 다를 것도 없어. 그러니까 자네가 데려가 키우든지, 아니면 도로 싣고 원래 있던 곳으로 데려다주든지 해."

"그럴 순 없어요, 할머니."

"그래도 돼. 시청에서 나를 찾으라고 자네한테 돈을 줬지? 이 애들을 다시 데리고 가서 집에 내가 없더라고 시청에 말하면 돼. 아니면 내가 죽었다고 하든가. 아니면 이 조그만 섬이 폭발해서 사라졌다고 해도 되겠지. 딱히 여정이 더 길어지는 것도 아니잖아. 근처에 갔을 때 아이들을 시청에 내려주고 오면 되겠네."

그렇게 했다면 아무 문제가 없었을 것이다. 저 지푸라기 같은 머리카락에 창백한 얼굴을 한 아이들 중 작은 남자애가 나를 쳐다보며 이렇게 말하지만 않았어도 말이다.

"할머니는 우리가 싫어요?"

이렇게 말한 뒤 남자애가 울기 시작했다. 게다가 설상가상으로 조그만 양팔을 뻗어 내 다리를 감싸 안고 나를 옴짝달싹 못 하게 만들었다. 옆에 있던 여자애도 나를 올려다봤다. 하지만 그 애는 울지 않았다. 남자애보다 키도 크고 나이도 많아 보였다.

"울지 마, 마틴. 괜찮아. 누나가 있잖아." 여자애가 말했다.

나는 이 작은 섬에서 따로 책임질 일이나 걱정거리 없이 그저 내가 원하는 대로 혼자 즐겁고 완벽한 삶을 살았다. 그런데 대체 이 일을 어떻게 해야 할까? 작은 녀석은 내 다리를 붙들고 대성 통곡을 하고 있고, 한두 살 많아 보이는 누나란 애는 당장 여길 떠나 둘이 살기 위해 무엇이든 할 준비가 된 것처럼 보였다. 불쌍한 아이와 용감한 아이, 애원하는 아이와 반항하는 아이.

구름사냥꾼들도 나를 쳐다보고 있었다. 저들은 가족 간의 결속 력이 굉장히 좋기 때문에 이런 상황에서는 아이들을 절대 밀쳐내 지 않을 것이다. 그게 먼 친척 중에서도 가장 먼, 사실상 친척이 라 볼 수 없는 친척일지라도 말이다.

도대체 난 어떻게 해야 하는 걸까?

내가 어떻게 했는지는 말하나 마나일 것이다. 결국 나는 아이 들을 돌봐주기로 했다. 그게 바로 8년 전의 일이다. 그리고 아이 들과 함께한 시간은 내가 생각했던 것보다 훨씬 괜찮았다. 하지 만 지금 나는 그때보다 여덟 살이나 더 늙었다. 그리고 아이들도 그만큼 컸다. 8년 전만 해도 귀여웠고 유순히 말을 잘 들었고 키 워주는 것에 감사할 줄도 알았는데….

10대가 된 두 아이 중 한 녀석은 하루 종일 몽상에 빠져 있고, 다른 녀석은 자기가 모든 걸 안다고 생각한다. 자기가 얼마나 아 는 게 없는지는 꿈에도 모를 것이다. 이제 어떻게든 이 아이들을 학교에 보내야 하는데, 문제는 어떻게 학교에 보내느냐다.

학교는 이미 정해뒀다. 기숙사가 있어서 아이들은 필요하면 졸업할 때까지 기숙사에 머물 수 있다. 비용은 무료다. 정부에서 모두 내주기 때문이다. 오늘날 정부에서는 교육받은 사람들을 절실히 필요로 하고 있다. 이는 과거에 행했던 긴축 재정 탓이다. 나는 이 아이들을 학교까지 데려다주기만 하면 된다. 그게 전부다.

문제는 우리가 행복한 삶이 보장되는 땅으로부터 무려 2,000킬로미터나 떨어져 있다는 것이다. 그 사이에는 최악의 해적과 미치광이, 위험한 생명체, 괴짜들, 기기묘묘한 섬들이 가득하다. 반면 우리에겐 안전한 하늘만 겨우 날 수 있는 낡은 배 한 척과 낡아빠진 하늘지도, 그리고 몇 주 동안 마실 수 있는 물과 식량뿐이고. 그게 전부다.

왜 내가 기분이 언짢고 머리가 지끈지끈 아프고 다리에 발진이 다시 도졌는지 이해할 수 있을 것이다. 하지만 기둥에 묶인 군인이 총살당하기 전에 말했던 것처럼, 태양은 빛나고 하늘은 파랗다. 이렇게 완벽한 날씨에 잘못될 게 무엇이 있겠는가?

2

항해 준비

페기의 이야기(계속)

최악의 무지는 자기가 무엇을 모르는지조차 모르는 것이다. 이 아이들이 바로 그런 경우다.

젬마는 언제나 비협조적이고, 마틴은 덜 그런 편이지만 몇 시간이고 말도 없이 죽치고 앉아서 알 수 없는 상상에 빠지곤 한다. 나는 마틴이 무슨 생각에 골똘히 빠져 있는 게 아니라, 그저 넋 놓고 있는 건 아닌지 늘 걱정이 됐다.

"그곳에 왜 가야 해요?" 마틴이 물었다.

"배우기 위해서지."

"지금도 충분히 아는걸요."

"그렇지 않아. 그건 네 생각일 뿐이야."

"아뇨, 전 알아요. 하늘수영, 배 타기, 하늘상어 가죽 벗기기,

19

작살 쏘기, 물 응축하기, 요리, 옷 만들기, 생존법, 항해법도 알고
수선도 할 줄 알아요."

"인생엔 그보다 알아야 할 게 더 많이 있거든."

"어떤 것들요?"

"아주 많이 있지. 메트로 아일랜드에 가면 알게 될 거야."

"하지만 가기 싫어요. 알고 싶지 않고, 여기 있고 싶어요."

"그럴 순 없어. 해보기도 전에 포기해선 안 돼. 너흰 교육이 필
요하단다."

"우린 할머니가 알려주실 줄 알았는데요?" 젬마가 끼어들었다.
"여태까지 그러셨잖아요."

"내가 아는 건 모두 가르쳐줬어. 별로 많지는 않지만."

"하지만 할머니는 지금껏 잘해오셨는걸요."

"그래, 어쩌면. 하지만 이곳에서의 삶은 제한적이야, 마틴. 그러
니 학교에 가서 더 넓은 세상을 보고, 도시도 보면서…."

"도시가 뭐예요?"

"이미 말해줬잖아. 바로 그게 바로 네가 길러야 할 점이란다."

"어떤 거요?"

"집중하기."

"학교에선 뭘 하는데요?"

"교실에 앉아 있으면 선생님들이 가르쳐줄 거야."

"교실에 앉아요? 교실에 앉기 싫은데."

"익숙해질 거야."

"싫은데요."

"가서 식량 보따리 좀 들어다가 배에 실어줄래?"

"알겠어요."

"그리고 네 나이 또래의 다른 애들을 만나서 사귀게 될 거야."

"사귀는 게 뭐예요?"

"사람을 알아간다는 뜻이야. 그러면 친구도 만들 수 있지."

"그건 또 뭔데요?"

결국 나는 배에 짐이나 실으라며 마틴을 쫓아냈다. 그런 뒤 젬마한테 말했다.

"학교에 가면 남자애들도 만날 수 있단다."

"제가 왜 그래야 하는데요? 남자애라면 이미 쟤를 겪어봤잖아요." 젬마가 배를 향해 가는 남동생을 고개로 가리키며 말했다. "별거 없던데요."

"쟤는 네 동생이잖아. 다른 남자애들은 동생하곤 달라."

"글쎄요. 그랬으면 좋겠네요."

"다른 남자애들한테는 다른 감정이 생기게 될 거야."

"그야 당연히 그렇겠죠."

젬마의 대답은 냉소적이었다. 둘 다 예전에는 사랑스럽기 그지없는 아이들이었는데….

나는 젬마한테 보따리를 건넸다.

"너도 가서 식료품 좀 배로 실으렴."

떠날 준비를 마친 뒤, 하늘지도를 살펴봤다. 내 항해 실력으로 말하자면 이론은 충분하나 실전은 서투르다. 메트로 아일랜드에 가려다가 실수로 반대자들의 제도에 가서 양말을 잘못 신었다는 이유로 교수형 당하는 일만은 일어나지 않아야 할 텐데. 우리가 양말을 신는다는 게 아니라, 예를 들자면 그렇다는 것이다.

우리가 떠나면 이 섬은 무인도나 다름없다. 누군가 지나가다가 여기를 마음에 들어 할 수도 있을 것 같아서, 커다란 표지판에 이렇게 적었다.

개인 소유 섬. 소유자: 페기 피어시.

땅 소유권 등록번호: PP184354005T

물론 다 뻥이다. 나는 섬을 차지한 후 따로 등록을 하지 않았다. 하지만 설령 등록했다 하더라도 무단으로 땅을 차지하려고 마음먹은 사람들에겐 별다른 영향을 주지 않을 것이다.

아이들과 함께 여행을 떠나기 전, 옆 섬에 사는 벤 할리 영감을 잠시 만나러 갔다. 그는 나보다 젊지만, 몇 살이 됐든 벤 영감은 벤 영감이다. 아마 태어날 적부터 벤 영감이었을 것이다. 따분한 벤 영감.

"벤, 나 왔어!"

그는 포경포[작살을 내쏘는 포:옮긴이]를 만지작거리고 있었다.

"페기? 뭐가 필요해서 왔어? 돈이라면 나한텐 한 푼도 없어. 도구라면 그것도 빌려줄 수 없어. 남는 부품 있냐고? 이미 다 썼어. 물도 줄 수 없어. 나도 많이 없거든."

"그냥 작별 인사 하러 온 거야."

"어딜 가는데?"

"그리고 부탁도 좀 하려고."

"난 아무것도 해줄 게 없어."

"내 집만 봐주면 돼."

"그거야 할 수 있지."

"내가 표지판을 세워뒀어. 그래도 만약 누가 와서 내 섬을….."

"그럼 이 맛을 보여주지."

그가 듬직한 포경포를 쓰다듬으며 말했다.

"고마워, 벤."

"그래서 어딜 가는데?"

"전에 내가 말했잖아."

"언제?"

"지난주."

"그렇게 오래전에 한 얘기는 기억 못 하지. 어제나 오늘 아침이면 모를까….."

"그때 자네가 만든 술을 함께 마셨잖아. 기억 안 나?"

"술? 하나도 없어."

벤 영감이 갑자기 경계 태세를 갖췄다. 자기가 담근 위스키를 한 병 달라고 할까 봐. 그 술은 매우 독한데 솔직히 말해서 맛은 별로다. 그래도 피부에 바르면 벌레가 꼬이지 않는다.

"그때 내가 한 말이 기억나는지 안 나는지 모르겠지만, 아이들이 이제 다 커서 내가 아는 건 다 가르쳤다고 했잖아. 그래서 조만간 학교에 보내야겠다고 말이야."

"아, 그랬지. 그래서 학교에 보내려고?"

"그래. 이제 아이들을 메트로 아일랜드로 데려가려고. 우린 오늘 떠날 거야."

"학교는 어딘데?"

"메트로 아일랜드에 있는 기숙사 학교."

"통학 버스를 타고 가면 안 되나?"

"버스? 여기까지 오는 버스는 없잖아."

"그럼 배를 타고 가는 거야?"

"그래."

"늙다리 노인네 한 명하고 애들 둘만? 근육 붙은 사람은 한 명도 없네?"

"근육은 필요 없어. 뇌만 있으면 돼."

"페기, 오해하지 말고 들어. 메트로 아일랜드에 무사히 도착할 확률이 얼마나 될 것 같아?"

"당연히 도착하지."

"난 천 분의 일이라고 생각하는데."

"고맙군."

"중심 기류로 간다면 모를까."

"아니, 그쪽으론 안 갈 거야. 내 조그만 배로 중심 기류를 타는 건 무리야."

"그래서 위험한 지역을 통과하겠다고?"

"말하자면 뒷길을 이용하겠다 이거지. 그런데 사실 위험한 지역도 그렇게 위험한 건 아니야."

"그렇군. 어쨌든 무사히 도착하길 기도할게."

"고마워."

"자네가 이제 영영 돌아오지 않을 거란 생각을 언제부터 하면 될까?"

"한 분기 지나면. 그때까지도 내가 돌아오지 않으면 내 섬을 가져도 좋아."

"됐어. 섬은 하나로 족해. 내가 세력을 확장할 필요는 딱히 없잖아? 그리고 자넨 돌아올 거야. 다른 곳에서 살기엔 너무 늙고 못생겼거든."

"맞아. 자네를 처음 봤을 때 '여기엔 나를 돋보이게 해주는 사람도 있군' 하고 생각했지 뭐야."

"보고 싶을 거야, 페기. 아침마다 손을 흔들어줄 사람이 없어지는군."

"돌아올 거야. 그러니 혼자 너무 쓸쓸해하지 말고 잘 있어."

"내 물건 몇 개랑 남은 물 좀 줄게."

"줄 게 없다며?"

"갑자기 생겼어. 그리고 몰래 챙겨둔 술도 몇 병 줄게."

나는 벤 영감이 준 것들을 주섬주섬 챙긴 뒤 악수를 나눴다. 그의 수염에 입을 맞추는 것은 상상도 할 수 없는 일이기 때문이다.

집으로 돌아오니, 부둣가에 젬마와 마틴이 앉아 있었다. 우리는 마지막 짐을 배에 실었다. 이제 떠날 준비가 다 되었다. 별것 아닌 집이지만 막상 떠나려니 고통스러웠다.

"구급품하고 약상자 챙겼지?"

젬마가 약상자를 들어서 나한테 보여줬다.

"좋아. 이제 가보자."

나는 밧줄을 풀고 출발과 동시에 서둘렀다. 그게 내 방식이다. 작별 인사를 할 때 너무 오랜 시간을 할애하는 건 내 성격에 안 맞는다.

배가 부둣가를 벗어났을 때 상심에 빠진 듯 구슬픈 소리가 하늘에 울려 퍼졌다. 나는 누가 우는 것인지 살펴봤다. 젬마일 리는 없다. 젬마는 센 척하길 좋아하고, 아무도 보지 않을 때만 몰래 운다. 그렇다면 마틴이겠지. 마틴은 자기 감정을 드러내지 않으려는 보통 성향의 남자애와는 다르다. 감정을 드러내면 안 된다고 배운 적도 없긴 하지만.

그런데 마틴도 아니었다. 그 소리의 주인공은 바로 우리 집 하늘고양이였다. 이 게으름뱅이 식객은 마음을 훔치는 교묘한 재주가 있다. 어느 저녁, 무릎 위에 자리 잡고 누워 가르랑거리기 시작하는 이 녀석을 본 사람은 그 매력에 푹 빠질 수밖에 없다. 녀석이 우리한테 관심이 있어서가 아니라 그저 간식이나 받아내려고 그런다는 걸 알면서도 말이다. 이 녀석의 철학은 이렇다. 밥 주면 사랑해줄게. 밥 안 주면 다른 데 가서 다른 사람을 사랑할 거야. 물론 사람들 중에도 이런 부류가 있긴 하다.

어쨌든 녀석은 부둣가에 나와 있었고, 우리는 녀석을 깜빡하고 놓고 갈 뻔했다.

"버찌!"

이 이름은 마틴이 지어줬다.

"할머니, 고양이 놓고 갈 건 아니죠?"

"버찌는 죽지 않을 거야, 마틴. 원래 야생종이잖아."

"하지만 외롭잖아요."

"아, 그럴 수도 있겠네."

젬마는 아무 말도 하지 않았다. 하지만 표정을 보아하니 흔쾌히 버찌를 두고 갈 태세였다.

"이리 와, 버찌! 여기야! 어서 와! 여기!"

버찌가 있는 힘껏 달려서 하늘로 뛰어올랐다. 그리고 쿵 하고 갑판에 떨어지듯 착지했다.

"애오오오오오오옹!"

물론 버찌는 다치지 않았다. 우리의 동정심을 유발하려고 그런 것뿐이지만, 마틴이 즉시 버찌를 들어 올려 쓰다듬어줬다.

"불쌍한 버찌, 머리 부딪혔어? 괜찮아."

"내 발치에도 오지 못하게 해, 마틴. 가는 동안은 네가 돌보는 거야, 알겠지?"

나는 하늘고양이 말고도 걱정할 것이 충분히 많았다.

젬마는 계속 부루퉁한 상태였다. 아닌 척해도 이번 여정이 많이 걱정되는 모양이었다.

마틴이 버찌를 뱃고물로 데려가 난간에 앉혔고, 나는 돌아서서 태양전지판 덮개를 열었다. 부디 내가 올바른 방향으로 항해할 수 있기를. 이곳에서 나침반은 아무 소용이 없다. 한꺼번에 너무나 다양한 방향에서 자기장이 형성되어 나침반 바늘이 소용돌이 속 코르크 마개처럼 빙글빙글 돌기 때문이다. 즉, 항해에 필요한 건 하늘지도, 표지물 그리고 경험이 전부다.

내가 종교를 가졌다면 기도를 두어 번쯤 했을 것이다. 하지만 백스무 살의 나는 기본적으로 의심이 많은 편이다.

아무튼 나의 이야기는 이게 전부다. 이 늙은이가 쉰 소리 하는 걸 더 이상 듣고 싶지 않을 테니, 나머지 이야기는 다른 사람에게 넘기겠다. 이제 저기 저 두 아이가 나눠서 이야기를 들려줄 것이다. 오랜 세월을 살아오면서 나는 수없이 많은 이야기를 해왔다. 결국은 이렇게 되는 법이다. 가만히 앉아서 남이 해주는 이야기를 듣고 싶어지는 것이다.

누구든 어느 시점이 되면 들고 있던 바통을 넘겨야 한다. 인생은 릴레이 경주다. 그러다 보면 언젠가는 결승선에 들어서는 사람이 있을 것이다. 물론 그 사람이 내가 아니라는 것은 확실하다. 나 역시 할 수 있는 한 최선을 다해 달렸지만 말이다.

3

첫 만남

마틴의 이야기

돛대 부근에서 감상에 젖어 있는 사람은 나의 누나다. 그리고 방향타를 잡고 있는 사람은 할머니다. 아니, 정확히 말하자면 나의 할아버지의 고모할머니다.

페기 할머니는 우리가 아는 게 별로 없어서 반드시 교육이 필요하다고 말한다. 할머니가 말하길, 아는 게 많을수록 슬픔이 많아지고 모르는 게 행복한 것이라고 말하는 사람들이 있지만 그건 틀린 말이라고 한다. 무지란 무지 골치 아픈 일이라는데, 그게 사실인지는 잘 모르겠다. 왜냐하면 나는 골치 아픈 일이 전혀 없기 때문이다. 할머니의 논리에 따르면 나는 최고로 무지한 사람인데 말이다. 내 골치는 아픔을 모른다. 젬마 누나가 때릴 때만 빼면.(하지만 누나란 원래 그런 존재고, 나도 기회를 엿보다가 누나를 때린다. 복수는 기습적으로 하는 게 가장 효과적이다.)

우리가 익숙한 모든 것을 뒤로하고 이렇게 파란 하늘을 가로질러 떠나는 이유는 페기 할머니가 원하는 바로 그 교육을 받기 위해서다. 나는 이제껏 꽤나 행복했다. 그래서 만약 그 교육이란 게별 볼일 없는 것으로 밝혀진다면 굉장히 화가 날 것 같다. 평소같으면 지금쯤 섬을 어슬렁거리며 아무 근심, 걱정, 소란 없이 낚시나 즐기고 있을 텐데.

"마틴, 넌 시간을 멍하니 흘려보내기만 하는구나."

할머니는 끼니를 챙기듯 나한테 꼬박꼬박 이렇게 말하곤 한다. 그런데 내가 만약 할머니 말대로 정말 그러고 있다 한들 그게 무슨 문제라도 되는 걸까? 멍하니 시간을 보내는 게 잘못된 일인가? 멍하니 있는 건 잘못된 게 아니다. 그만큼 말썽을 피우는 일이 적어지고, 돈도 들지 않고, 어디서나 특별한 도구 없이 쉽게할 수 있다. 그냥 머리와 쉴 수 있는 편안한 곳 그리고 상상력만있으면 된다.

하지만 할머니의 낡은 배를 타고 떠나던 그날, 나는 멍하니 딴생각에 빠져 있지 않았다. 기억에 남을 만한 큰일이기 때문이다. 우리가 향하는 곳은 메트로 아일랜드다. 할머니의 말에 따르면도착할 때까지 몇 주나 걸리고, 상황에 따라 고된 항해가 될 수도 있다고 한다.

시작은 괜찮았다. 우리를 둘러싸고 있는 것이라곤 눈이 시리도록 파란 하늘과 멀리 점처럼 보이는 섬들뿐이었다. 그리고 이따금 초록색과 오렌지색의 하늘고기, 흰색 돛새치가 느닷없이 나타나 주변을 날아다녔다.

"마틴!"

할머니가 큰 소리로 나를 불렀다. 화가 난 목소리였다.

"왜요?"

"네가 망보는 사람이란 걸 잊지 마."

"네?"

"망보는 사람! 내가 보기에 넌 망은 안 보고 그냥 멍하니 쳐다보고만 있는 것 같구나."

"보고 있었어요."

"그냥 보지만 말고, 망을 보라고!"

"그래, 멍청아." 젬마 누나가 끼어들었다. "넌 그쪽 망을 보고 난 이쪽 망을 보는 거야."

"나도 망보고 있었어." 물론 거짓말이다. 하지만 이런 거짓말은 가끔 해도 괜찮다. "사실 망볼 것도 별로 없어 보이는걸."

할머니가 노련하고 지혜로운 눈빛으로 나를 쳐다봤다.

"뭔가 눈에 띄기 전까지는 아무것도 없는 것처럼 보이지."

"뭘 찾아내야 하는데요?"

"수상하고 위험해 보이는 것들, 문제가 될 만한 것들 말이야."

"아, 저기 있네요." 나는 누나를 가리켰다. "문제가 될 만한 거요."

"꺼져."

"여기서? 어떻게? 꺼질 데가 없잖아."

"그럼 배 밖으로 떨어지든가."

"둘 다 이제 그만해. 마틴 넌 감시만 잘하면 돼, 알겠지? 여긴 위험한 지역이야."

"제가 봤을 땐 안전해 보이는데요."

"그래서 위험한 거야."

"네, 할머니가 그렇다면 그런 거겠죠."

"그래. 그러니까 두 눈 부릅뜨고 잘 지켜봐."

그래서 나는 눈을 부릅뜨고 지켜봤다. 지루해서 눈이 조금씩 감기기 전까지는 말이다. 흥미로운 거라곤 전혀 보이지 않았다. 기껏해야 먹잇감을 쫓는 하늘상어밖에 없었다.

그러다 잠시 잠이 들었던 것 같다. 눈을 떠보니 희미하게 다가오고 있는 커다란 뭔가가 눈에 들어왔다. 피하기엔 너무 늦었다.

"섬이다!"

할머니는 선실에 있었고, 누나는 뒤에서 난간 너머로 낚싯줄을 늘어뜨리고 있었다.

"섬이라고?"

"바로 저기요."

나는 배가 향하고 있는 쪽을 손가락으로 가리켰다. 만약 내가 계속 눈을 부릅뜨고 감시했다면 약간의 조치만으로도 피할 수 있었을 것이다. 하지만 지금은 너무 늦었다. 우리는 두 섬 사이로 항해하고 있었다. 좌현 쪽 섬은 메마르고 텅 비었고, 우현 쪽

섬도 메말라 보였지만 분명 사람이 살고 있었다. 부둣가 끝에 큰 표지판이 세워져 있는 걸 봐서는.

표지판에는 '통행요금소'라고 적혀 있었다. 그리고 그 옆에는 또 다른 표지판을 걸 수 있는 걸이가 있었다. 필요할 때마다 바꿔 달기 위한 것인데, 지금은 '있음'이라고 쓰인 표지판이 걸려 있었다. 뒷면에는 분명 '없음'이라고 쓰여 있을 거라는 생각이 들었다.

그다음 우리 눈에 들어온 것은 두 섬 사이에 걸린 거대한 망이었다. 그 망은 묶인 밧줄을 풀거나 잡아당겨서 높낮이를 조절할 수 있게 되어 있었다. 이대로 계속 나아간다면 우리 배는 그물망에 잡힌 하늘고기 떼처럼 저 망에 걸리게 될 것이다.

"저게 도대체…?" 할머니가 소리쳤다.

"할머니, 무슨 일이에요?" 누나가 물었다.

"나도 모르겠구나. 하지만 확실한 건 속도를 줄이지 않으면 저 망할 망에 걸리고 말 거야."

누나가 즉시 돛을 내렸고, 할머니는 태양전지판을 닫았다.

잠시 후 어떤 소리가 나기 시작했다. 마치 위험을 감지한 하늘고양이가 비명을 지르는 것처럼 꽤나 큰 소음이었다. 버찌가 날쌔게 뛰어서 짐 가방 밑으로 도망쳤다.

"아니, 저건…!"

섬 가장자리에 키가 크고 덩치 좋은 남자가 서 있었다. 얼굴에 주근깨가 많고 붉은 털이 뒤덮인 그는 체크무늬 치마를 입고 백파이프 같은 걸 연주하고 있었는데, 분명 독학으로 악기를 배운 것 같았다.

30초 후 귀 고문이 끝났다. 남자가 턱수염을 간질이는 날벌레를 때려잡기 위해 연주를 멈췄다. 그런데 날벌레를 때려잡자마자 다른 날벌레들이 몰려들었다. 마치 남자 없이는 살 수 없다는 듯이. 결국 그는 연주를 집어치우고 우리를 향해 포효했다.

"어이! 거기!"

"원하는 게 뭔가?" 할머니도 소리쳤다. "우린 그냥 지나가는 길이네. 노인과 아이 둘밖에 없어. 아무것도 가진 게 없다구."

"글쎄, 누구든 뭔가는 갖고 있기 마련이지! 내 섬들 사이를 지나가고 싶다면 대가를 지불해야 해."

"방금 말했잖나. 우린 아무것도 없어. 그러니 어서 망을 내리고 지나가게 해주게."

"그럴 순 없지. 통행료를 내든가, 지나가지를 말든가."

털북숭이 남자가 백파이프를 내려놓더니 턱수염에 꼬이는 날벌레들을 쫓아내고는 포경선에나 달려 있을 법한 커다란 작살을 집어 들었다. 그리고 그것을 부둣가에 고정된 포에 끼웠다.

"멈추지 않으면 발사할 거야."

할머니가 질책하듯 나를 노려봤다. 내가 제대로 망을 봤다면 이런 상황이 닥치지 않았을 것이다. 하지만 이미 늦었다.

"좋아. 배를 그리로 대지."

결국 할머니는 배를 돌려 남자가 서 있는 부둣가로 향했다.

4

통행료 거인

계속되는 마틴의 이야기

페기 할머니는 나이가 너무 많다 보니 가끔은 다른 사람이라면 분명 걱정할 법한 일에 전혀 아랑곳하지 않는 경향이 있었다. 물론 나도 걱정이 그리 많은 사람은 아니다. 사실 나한테 걱정할 만한 일이라곤 전혀 없었다. 사람들이 나랑 누나를 고아라고 부를 때를 제외하면 말이다.

하지만 지금은 조금 걱정이 되기 시작했다. 털북숭이 남자를 가까이서 보니 멀리서 볼 때보다 훨씬 더 컸다. 페기 할머니보다 키가 두 배나 컸고 덩치도 바위만 했다. 우리를 내려다보는 모습이 마치 성에 안 차는 저녁거리를 보는 듯했다. 하지만 할머니는 털북숭이 남자가 마치 백스무 살짜리 하늘새우라도 되는 듯 행동했다.

"그래서 원하는 게 뭐지?"

할머니가 날카로운 목소리로 물었다.

"뭘 것 같아? 이게 뭐처럼 보이지?"

정확히 하자면 털북숭이 남자는 그렇게 말하지 않았다. 그는 내가 지금까지 한 번도 들어보지 못한 굉장히 독특한 억양을 갖고 있었다. "머 꺼 가타? 이기 머처럼 버이지?" 이게 실제로 그가 한 말에 가까웠다.

"통행료?"

"그렇지."

"우리가 왜 자네한테 통행료를 내야 하지?"

"내가 내라고 했으니까."

"무슨 자격으로 내라고 하는 건데?"

털북숭이 남자가 커다란 주먹을 들어 올리더니 할머니의 코앞에서 휘둘렀다.

"이 자격으로."

"그렇군."

"그렇지."

"그럼 자넨 사기꾼이군."

할머니의 말에 남자가 발끈했다.

"난 사기꾼이 아니야! 내 섬들 사이로 지나가려면 당연히 돈을 내야지."

"왜지?"

지금까지 그 누구에게서도 받아본 적 없는 질문이라는 듯 남자가 할머니를 쳐다봤다.

"유지를 위해서지."

"무슨 유지?"

"유지! 하늘길 유지 및 시설 보수 말이야."

"여긴 그냥 하늘이잖나. 자네가 말하는 유지라는 게 정확히 뭔데?"

　남자가 손가락으로 붉은 턱수염을 꼬면서 잠시 생각에 잠겼다가 이렇게 대답했다.

"쓰레기 없는 깨끗한 하늘길을 만드는 거지. 통행료 안 내면 못 가."

"그거 참 안타깝군. 우린 자네한테 줄 게 하나도 없거든."

"누구나 뭐라도 조금은 갖고 있기 마련이야."

"난 아이 둘 딸린 할머니야. 돈은 한 푼도 없고 여행하는 동안 먹을 음식과 물이 전부라구. 우린 지금 메트로 아일랜드로 가는 길이네. 저 아이들을 학교에 보내려고 말이야."

"아이들이란 자고로 말썽만 일으키고 돈이 많이 드는 골칫거리지!"

　할머니가 들은 척도 않고 부둣가에 앉자 남자가 경악하며 할머니를 내려다봤다.

"뭐 하는 거야? 지금 무슨 짓을 하고 있는지 알기나 해?"

"뭐 하긴? 앉아 있잖아. 내가 관절염이 있거든."

"맞아요. 할머니는 관절염이 있어서 앉아 쉬어야 해요." 젬마 누나가 끼어들었다.

"쉰다고?" 남자의 입가와 수염 주변에 거품이 일었다. "그래, 푹 쉬게 해주지. 영원히 쉬게."

남자가 땅에 꽂혀 있는 거대한 칼을 가리켰다.

"내가 말할 땐 앉아 있으면 안 돼. 공포심에 달달 떨어야 한다구. 바들바들 떨면서 자비를 베풀어달라고 빌어야지. 이런 빌어먹을 모욕은 처음이야!"

"아이들 앞에서 욕은 삼가는 게 좋겠네."

"욕을 하지 말라고? 욕을 하지 말라니! 아니, 아주 퍼부어주지!"

그러자 할머니가 남자를 향해 팔을 뻗으며 말했다.

"나 좀 잡아줄 수 있을까? 너무 오래 앉아 있어도 안 되거든. 경련이 일어나서 말이야."

"맞아요." 누나가 또 끼어들었다. "할머니는 관절염뿐만 아니라 경련도 있거든요. 보시다시피 할머니 나이가 백스무 살이라…."

"모두 닥쳐! 내가 생각 좀 하게 입 다물라구."

그러는 와중에도 날벌레들은 남자의 머리 주위를 맴돌며 집요하게 그를 괴롭히고 있었다. 저 날벌레들은 어쩌면 남자의 턱수염과 사랑에 빠졌거나, 덥수룩하게 난 털 속에 둥지를 틀고 싶은 건지도 모른다.

남자가 생각을 하는 동안 나는 문득 궁금해졌다. 할머니는 늘

나의 이런 호기심이 문제라고 했다. 하지만 어쩔 수 없다. 나는 머릿속에 궁금한 게 생기면 꼭 물어보고야 만다. 답을 알아내야 직성이 풀리기 때문이다.

"저기요, 거인 아저씨…."

남자의 눈썹이 바위 위에서 종종 볼 수 있는 태양애벌레처럼 움직였다. 보송보송한 털이 나 있고 독이 있어서 몸에 닿으면 우리를 죽일 수도 있는 벌레 말이다.

"방금 뭐라고 했냐?" 남자가 할머니를 쳐다봤다. "저 녀석이 지금 뭐라고 한 거야? 내가 분명 입 다물라고 했던 것 같은데."

"아저씨의 진짜 이름이 뭔지 너무 궁금해서요."

내가 그렇게 말하자 남자의 눈썹이 다시 꿈틀거렸다. 나는 순간 저 눈썹들이 떨어져 내려와 태양애벌레처럼 나를 공격하는 게 아닐까 생각했다. 하지만 이윽고 눈썹의 움직임이 잠잠해지더니 남자의 얼굴에 당황한 표정이 어렸다.

"내 이름? 지금껏 나한테 이름을 물은 사람은 단 한 명도 없었어. 난 여길 지나가는 수백수천 명한테서 돈을 빼앗았는데, 아니 통행료를 받았는데 말이야."

할머니가 남자를 가만히 쳐다보더니 특유의 할머니 미소를 지어 보였다. 질긴 피부에 백스무 해의 삶이 담긴 주름이 자글자글 지어졌다.

"애들이 어른보다 나을 때도 있지." 할머니가 말했다.

"내 이름은 절대 안 알려줄 거야!"

남자의 목소리는 약간 토라진 듯한 느낌이었다. 그 모습 또한 성난 털북숭이 거인이라기보다는 마치 떼쓰는 어린애 같았다.

"내 이름은 페기네. 이 아이는 젬마고, 저 아이는 마틴이야. 자, 우리 소개는 다 했네."

"그럼…" 남자가 힘겹게 말을 꺼냈다. "내 이름은… 어쩌면… 그렇다고 내가 말한다는 건 아니고… 어쩌면… 앵거스일 거야."

"앵거스, 멋진 이름이군. 아주 근사한걸."

애벌레 같은 눈썹 하나가 다시 움직이더니 이번에는 미심쩍은 표정으로 바뀌었다.

"놀리는 거야?"

"놀리다니? 그럴 리가."

하지만 한순간 녹았던 분위기가 다시 살벌해졌다.

"그래도 달라지는 건 없어!" 남자가 땅에 꽂힌 거대한 칼을 뽑아 들었다. "통행료를 내든가, 아니면 못 가."

그러고는 머리 위로 칼을 휘둘렀다. 하지만 우리를 겁주려고 그러는 것인지, 아니면 자기를 괴롭히는 벌레들을 쫓기 위한 것인지 분간이 되지 않았다.

나는 남자 뒤에 펼쳐진 풍경을 바라봤다. 섬은 그다지 크지 않았고 척박해 보였다. 돌로 지은 작은 집 옆에는 증기 압축기가 있었고, 집 뒤로는 온실이 있었다. 남자는 아마 하늘고기에 곁들일 채소를 저기서 키울 것이다. 그 외에는 딱히 먹을 만한 게 보이지 않았다. 현관에 걸린 표지판에는 '보니 뱅크스'라고 적혀 있었다.

그리고 집 오른편에는 작은 돌무더기들이 있었다. 저런 걸 묘비라고 부르나 보다. 할머니가 전에 말해준 적이 있었다.

"자, 돈을 낼 거야? 목숨을 바칠 거야?"

"아까 말했잖나. 돈 없어. 난 여든세 살부터 돈이 없었단 말이야."

"돈을 다 써버렸나 봐?" 앵거스가 넌더리 난다는 듯 말했다. "아주 전형적이군. 노후 대비는 생각도 안 하고 말이지."

"살날도 많이 안 남았는걸."

"할멈은 그럴지 몰라도 저 아이들은 아니지."

"그나저나 통행료 받아서 여기서 뭘 하려고?" 할머니가 황량한 섬들을 가리키며 물었다. "가게들이 있기는 한가?"

"나를 위해 돈을 모으는 게 아니야. 아내와 아이들을 위한 거지."

할머니가 나를 본 다음 젬마 누나를 봤다. 할머니는 슬프고 피곤해 보였다. 하지만 겁은 전혀 나지 않는 듯했다.

"아내와 아이들은 지금 어디 있는데?"

"바로 저기서 그쪽을 보고 있잖아! 눈이 삐었어? 저기 콜린하고 낸시가 있고, 피오나가 아이들을 돌보고 있는 게 안 보여?"

순간, 나는 그곳을 쳐다보기가 살짝 무서워졌다. 하지만 나의 시선은 앵거스가 손가락으로 가리키는 쪽으로 향했고, 예상대로 거기서 세 개의 돌무더기를 보고 말았다. 자갈과 돌로 된 세 개의 작은 묘비.

"이리 와서 함께 얘기하면 좋겠지만 지금은 바빠서… 아무튼 난 가족을 먹여 살려야 하고, 내 아이들도 나이가 차면 메트로 아일랜드로 갈 거야. 그때 아이들한테 필요한 책과 교복 같은 걸 사주려면 지금 열심히 돈을 모아야지."

할머니는 항의하면서 화를 내거나 비꼬는 대신 진심으로 슬픈 표정이었다. 할머니가 앵거스한테 손을 뻗었다.

"아이들을 돕기 위해 자네한테 뭔가 주고 싶네."

앵거스가 가만히 할머니를 바라봤다. 그의 손에 쥐여 있던 커다란 녹슨 칼이 툭 떨어졌다.

할머니가 앞으로 한 발 다가서서 그의 커다란 손을 잡았다.

"이 불쌍한 사람아."

앵거스는 아무 말도 없었다. 그저 할머니의 두 손을 내려다보더니 빗방울만 한 눈물이 그의 눈에서 떨어져 뺨을 타고 흐르다가 덥수룩한 붉은 턱수염 속으로 사라졌다.

"자네, 물건도 받나?"

"어떤 물건인데?" 그가 퉁명스럽게 물었다.

"마틴." 할머니가 나를 보며 말했다. "배에 가서 벤 영감이 준 병 하나 가져오렴."

"벤 할아버지가 남몰래 챙겨놨다는 그거요? 그런데 그거, 할머니가 독극물이라고 하시지 않았나요? 절대로 먹으면 안 된다고…."

"그냥 가져와. 그리고 제발 질문 좀 그만하렴."

"할머니가 질문하는 건 좋은 거라면서요? 질문을 안 하면 아무것도 배우는 게 없으니까 메트로 아일랜드에 가면 질문을 많이 해야 한다고 하셨잖아요. 그리고…."

"다음에, 마틴. 어서 병 가져와."

"알았어요."

"쓸데없는 소리 좀 작작 하고 서둘러, 마틴." 누나가 거들었다.

"알았어, 알았다구. 쳇, 언제부터 지가 대장이라고…."

나는 투덜거리며 할머니가 말한 병을 가지러 배로 갔다.

"아이들은 다 저러면서 크지." 뒤에서 앵거스의 목소리가 들렸다. "남매들은 자주 싸워. 우리 아이들도 마찬가지야. 그런데 마음속으론 서로를 사랑해. 우리 애들도 그래. 완전히 똑같아."

벤 할아버지가 준 병을 찾아서 부둣가로 돌아가니 할머니가 말했다.

"그걸 열어서 앵거스 아저씨한테 줘."

나는 병의 마개를 잡아당겼다. 익숙한 악취가 풍겼다. 벤 할아버지가 담근 술 냄새는 매우 역했다.

"자, 이걸로 통행료를 지불하지."

할머니가 앵거스의 손에 병을 쥐여줬다.

그가 냄새를 맡았다.

"이건 독이잖아."

"아니, 냄새만 그런 거야. 하지만 나라면 마시진 않을 걸세. 다른 데 더 쓸모가 있거든. 자네 턱수염에 조금 발라보게나."

앵거스는 할머니가 시키는 대로 한 뒤 병을 마개로 막았다.

"그래서? 이제 어떻게 되는 건데?"

"자네 얼굴을 한번 보게."

"거울이 없는데 얼굴을 어떻게 보지? 그동안 거울 없이 살았는데."

"어쩐지…."

"이걸 왜 발라보라는 거야?"

"자네, 못 느꼈나?"

그에겐 몇 초의 시간이 더 필요했다. 갑자기 그의 얼굴에 미소가 활짝 지어졌다.

"날벌레들! 날벌레들이 나를 피하고 있어! 언제인지 기억도 안 날 때부터 괴롭혀왔는데 말이야!"

"효과는 아주 오래갈 거야. 특히 잘 씻지 않는다면 말이지."

"어차피 낭비할 물도 없는걸."

"다행이군. 그럼 그 병으로 몇 년은 버틸 수 있을 거야. 가끔씩 한 번만 톡 바르면 돼."

"이거 참 놀랍구만. 내 오랜 고통이 이렇게 순식간에 사라지다니."

"그럼 이걸로 된 건가? 우리 통행료 낸 거지?"

"통행료보다 더한 것을 줬지. 그런데 난 거슬러 줄 게 없어."

"아무것도 바라지 않아." 할머니가 우리를 보며 말했다. "그저 자네한테 도움이 돼서 기쁘네. 그렇지?"

"네, 할머니." 누나가 동의했다.

"정말 기뻐요." 나도 동의했다.

"그럼 가던 길을 갈 수 있게 해주지."

거대한 괴물처럼 무섭게 생기긴 했지만 결국 앵거스도 우리와 같은 사람이었다.

"그럼 이제 가자꾸나. 젬마, 마틴!" 할머니가 말했다.

"잘 있어요, 앵거스 아저씨." 누나가 말했다.

"손녀딸이 참 예쁘군. 우리 낸시 같아. 어리고 앞날이 창창하지. 여기 꼬마 신사는 우리 콜린을 생각나게 하고….

그렇게 말하는 앵거스의 목소리가 차츰 흐릿해졌다.

"만나서 반가웠어요, 앵거스 아저씨." 내가 말했다.

"다들 만나서 반가웠어. 그리고 고마워… 정말 고마워."

"천만에. 자, 이제 준비됐으면….

할머니가 우리를 배에 태웠다. 앵거스는 밧줄 푸는 걸 도와준 뒤 부둣가에 서서 우리가 태양전지판을 열고 돛을 펼치는 모습을 지켜봤다.

"조심해서 가. 잘 살펴봐야 해. 이상한 사람들도 있거든."

"쭉 직진만 하면 되는 거지?" 할머니가 물었다.

"50킬로미터쯤 가다 보면 무지의 섬이 보일 거야."

"뭐가 보일 거라고?"

"무지의 섬. 보면 알게 될 거야. 그런데 계속 가야 해."

앵거스가 손을 흔들었고, 우리는 곧 길을 떠났다. 그가 그물망에 연결된 줄을 풀어서 높이를 낮춰준 덕분에 우리는 안전하게 섬들 사이를 통과할 수 있었다.

세 개의 돌무덤 옆에 마치 대화라도 하듯 서 있는 그의 모습이 우리가 본 마지막 모습이었다. 그가 뭐라고 말하고 있을지 우리는 상상할 수 있었다. 아니, 우리의 상상이 틀렸을 수도 있다. 다른 사람의 마음속에 뭐가 있는지 그 누가 알까? 이건 페기 할머니가 나한테 해준 말이다.

"자, 우린 저기서 뭘 배웠을까?" 할머니가 물었다.

"그 남자의 진짜 이름이 앵거스라는 거요?"

"또?"

"음… 모르겠어요."

"젬마는?"

"많이 배웠어요."

"뭘 배웠는지 말해보렴."

"외모만으로 사람을 판단하지 말 것, 화가 난 사람들은 종종 마음속에 분노와 고통이 있다는 것, 다른 사람의 속사정이 뭔지 우리는 절대 알 수 없고 첫인상이 완전히 틀렸을 수도 있다는 거요."

할머니가 미소를 지으며 고개를 끄덕였다.

"그래, 바로 그거야."

하지만 솔직히 나는 이해가 가지 않았다. 아무리 생각해도 우리가 배운 거라곤 남자의 이름이 앵거스라는 것뿐인데 말이다.

그래도 나는 이번 일을 기회로 삼아 이렇게 말해봤다.

"할머니, 학교에 안 가도 이렇게 인생에 대해 많이 배울 수 있는데 굳이 메트로 아일랜드에 가야 해요? 그냥 다시 집으로 돌아가면 안 돼요?"

"그래, 인생에 대해선 어디서든 배울 수 있지. 하지만 물리, 화학, 역사, 지리, 경제, 언어, 대수, 이차방정식 같은 걸 배우려면 학교에 가야 해."

"하지만 저는 이차방정식을 배우고 싶지 않은걸요. 그게 뭔지 몰라도 이름부터 끌리지 않는다구요."

"아주 좋아하게 될 거야. 배우기만 한다면 말이야."

하지만 나는 믿음보다는 막연한 불안감이 들었다. 이차방정식은 정말이지 이름부터가 마음에 들지 않았다.

하늘고기 요리

이제부터 젬마의 이야기

페기 할머니는 마틴이 이제 요리를 하게끔 해야 한다고 말했다. 아주 오래전 옛날에는 요리란 여자들만 해야 하는 일로 여겼지만, 마틴이 이런 사실을 알 리 없으니 자기도 요리를 하는 게 당연하다고 여기도록 하자는 것이다.

왕래할 수 있는 거리 내에서 마틴을 제외하면 남자는 벤 할아버지뿐이다. 당연히 벤 할아버지도 요리를 할 줄 안다. 할아버지한테 이건 요리를 할 것인가, 아니면 죽을 것인가의 문제다. 혼자 사는 할아버지한테 누가 음식을 해주겠는가?

우리는 모두 일손을 거들어야 한다. 설거지를 하거나 요리를 하거나, 아니면 청소를 해야 한다. 무슨 일이든 해야 일이 항상 있기 마련이다. 그런데 이렇게 다들 일할 때는 괜찮은데, 나 혼자만 일하고 다른 사람들은 일을 하지 않는다면 할머니가 이야기해 준 신데렐라가 된 것처럼 기분이 상하고 만다. 못생긴 언니들이 하루 종일 소파에 엉덩이 붙이고 있는 꼴을 볼 때처럼 말이다.

우리가 알고 있는 이야기들은 전부 페기 할머니가 해준 것이다. 신데렐라 같은 이야기 말이다. 할머니는 외우고 있는 이야기가 많았고, 집에 책들도 있었다. 하지만 책을 사는 게 쉽지 않다 보니 그렇게 많지는 않았다.

이게 바로 우리가 메트로 아일랜드에 가야 하는 또 다른 이유다. 할머니가 말하길, 세상에는 평생 읽어도 다 읽을 수 없을 정도로 책이 많다고 한다. 나는 상상이 잘 되지 않았다. 하지만 할머니는 메트로 아일랜드에 가면 하늘에 사는 고기들만큼이나 많은 책이 있다고 했다.

그리고 그곳에는 남자애들도 있다고 했다. 책만큼이나 남자애들도 많아서 그 아이들을 전부 만나보지도 못할 거라고 했다. 할머니는 내가 이제 남자애들을 만날 나이라고 했지만 나는 잘 모르겠다. 마틴도 남자애지만 별게 없지 않은가? 하지만 할머니는 다른 남자애들은 동생과는 또 다르다고 했다. 남동생이 아닌 남자애는 별개의 존재라는 것이다.

할머니가 말한 것처럼 교육이라는 게 정말로 멋진 거였으면 좋겠다. 나는 예전에 할머니 말에 한 번 실망한 적이 있었다. 할머니는 하늘굴을 잡을 수만 있다면 별미가 따로 없다고 했다. 그런데 막상 하늘굴을 발견하고 보니, 생긴 게 징그럽고 식감도 미끌

미끌하니 질척거리기만 했다. 그래서 내가 마침내 가게 된 학교라는 곳이 하늘굴 같지 않기만 바랄 뿐이다.

할머니는 우리가 바깥세상으로 나가 평범하게 자라야 한다고 했다. 미치광이 할머니 곁에서 평생 사는 건 별로 좋을 게 없다면서 말이다. 할머니는 자기가 '미치광이'라는 것에 자부심을 느끼는 듯해서 우리는 그에 관해 더 논하지 않았다.

나와 달리 마틴은 옛일을 잘 기억하지 못한다. 부모님이 실종되었을 때 마틴은 너무도 작고 어렸다. 하지만 엄마와 아빠를 잃으면 마치 발밑의 땅이 사라지고 태양으로 끝도 없이 추락하는 기분이 든다. 사실 나는 그렇게 됐으면 하고 수십 번이나 기도했다. 차라리 그렇게 되는 게 더 낫고 쉽기 때문이다. 나는 언젠가 울고 있는 나를 발견한 할머니한테 심지어 이런 말을 했다. 어떨 때는 산다는 게 너무 불행해서 살고 싶지 않고, 이렇게 사느니 보고 싶은 사람들 곁으로 가는 게 낫다고 말이다. 할머니는 나를 충분히 이해한다고 했다. 하지만 그래도 살아야 한다고 했다. 왜 그래야 하냐고 묻자 할머니는 마틴에 대해 말했다. 나와 마틴한테 가족이라곤 서로밖에 없는데, 내가 없으면 마틴은 어떻게 살겠냐는 것이다.

그렇게 생각해보면 맞는 말인 것 같다. 때때로 우리는 우리가 원해서가 아니라 다른 이를 위해 살아가기도 한다. 그렇게 살다 보면 또다시 행복이 천천히 찾아오고, 그 좋은 기분을 느끼고 싶어서라도 다시 활력을 찾으려 한다. 과거를 잊어버리는 건 아닐지라도 말이다.

마틴은 내 동생이지만 나는 종종 마틴이 죽도록 밉고 싫을 때가 있다. 심지어 마틴이 떨어져 죽으면 좋겠다고 생각했던 적도 있다. 하지만 할머니는 그 또한 지극히 정상이라며 메트로 아일랜드에 가면 나와 비슷한 생각을 하는 여자애들과 남자애들을 만나게 될 거라고 했다. 그러니 가끔 남동생을 죽이고 싶은 기분이 든다고 해서 죄책감을 가질 필요는 없다는 것이다.

그런데 잘 모르겠다. 내가 정말 학교를 가고 싶은 건지, 아니면 무엇을 하고 싶은지 말이다. 지금껏 내 삶은 굉장히 이상했다. 나는 오랫동안 마틴과 페기 할머니, 이렇게 셋이서만 살았고, 생일이나 다른 기념일에 하늘조개 껍데기로 만든 팔찌 같은 작은 선물을 들고 벤 할아버지를 만나는 게 전부였다.

어쨌든 지금 우리는 세상을 향해 가고 있다. 떠난 지 얼마 되지도 않았는데 이미 이상한 일투성이다. 털북숭이 거인 앵거스 아저씨도 그렇고. 앵거스 아저씨를 생각하면 무지한 게 다 나쁜 건 아닌 것 같기도 하다.

나는 말을 쉬지 않고 계속하는 버릇이 있다. 페기 할머니의 말로는 내가 신선한 이야깃거리나 대화할 상대가 없어서 이렇게 혼자 열심히 주절거리는 거라고 했다. 할머니는 그걸 '의식의 흐름'이라고 했는데, 그 뜻은 우리가….

뒤에 무슨 말이 이어질지에 대해서는 모두들 눈치챘을 것이다. 메트로 아일랜드와 교육 이야기 말이다.

더는 이 이야기를 하지 않겠다. 아니, 절대로 안 하겠다고 보장할 순 없지만 안 하도록 노력은 하겠다.

어쨌든 우리는 앵거스 아저씨를 남겨두고 다시 길을 떠났다. 페기 할머니의 배는 크지 않지만 아래층에 여섯 개의 선실이 있고, 갑판에서도 여섯 명 이상이 편히 잘 수 있다. 나는 갑판에서 자는 걸 좋아한다. 갑판 위가 더 선선하기 때문이다. 단, 벌레한테 물리지만 않는다면. 벌레 떼가 나타나면 무엇으로든 몸을 덮어주고 벤 할아버지가 만든 술을 발라줘야 한다. 그러지 않으면 몸이 남아나지 않을 것이다.

물론 갑판에서 자면 그것 말고도 또 다른 위험들이 있다. 가령, 자다가 일어나 보면 하늘고기 두어 마리가 발을 물어뜯고 있을 때가 있다. 하늘고기들은 각질을 뜯어 먹는 걸 좋아하는데 발 각질 관리에 제법 도움이 된다. 문제는 하늘고기들은 멈출 줄을 모른다는 것이다. 각질을 다 뜯은 다음에는 생살을 뜯기 시작한다. 그래서 잘 때는 샌들을 신고 자야 한다.

또 늘 내리쬐는 햇볕 때문에 갑판에서 잘 때는 눈을 가릴 것이 필요하다. 나는 낡은 옷가지로 수면 안대를 만들었다. 마틴도 자기가 직접 안대를 만들었다. 할머니가 남자애도 바느질을 할 줄 알아야 한다면서 바느질하는 법을 알려줬기 때문이다.

어쨌든 우리 배는 아주 더디게 이동했다. 할머니의 낡은 배는 가운데가 둥글둥글하니 통통한 모습인데, 마치 늙은 하늘고래가 움직이지도 가라앉지도 않은 채 떠 있는 것만 같다. 증기기관이 있다면 칙칙폭폭 김을 뿜으며 속도를 낼 텐데, 이 배에는 증기기관이 없어서 그저 느릿느릿 나아가기만 했다.

처음 출발했을 때는 주변에 경치랄 게 별로 없었다. 중심 기류까지 가려면 몇 날 며칠을 더 가야 하는데 작은 섬들이나 태양풍에 따라 떠다니는 돌, 자잘한 쓰레기밖에 볼 게 없었다. 또 생물체도 하늘고기, 하늘해파리처럼 늘 보던 것들만 있었다.

"너희는 어떤지 모르겠지만 난 슬슬 배가 고파오는구나." 할머니가 평상시처럼 말했다. "누구 차례지?"

이번에는 마틴 차례였다. 마틴은 자기가 요리할 차례라는 것에 전혀 불만이 없었다.

"낚싯줄을 던져볼게요. 제가 뭘 잡을지 기대하세요."

여기서 먹을 거라곤 하늘고기밖에 없다. 할머니 말로는 다른 건 안 먹고 채소만 먹는 사람들이 있다고 한다. 그들은 죽는 한이 있어도 하늘고기는 절대 먹지 않는다는 것이다. 하지만 선택의 폭이 넓지 않은 이곳에서는 하늘고기를 먹든지, 아니면 굶든지 둘 중 하나다. 물론 배에는 집 온실에서 가져온 채소가 조금 있고 갑판에는 약초를 심은 화분들이 줄지어 있다. 하지만 목숨을 유지시켜주기엔 역부족이다.

마틴이 낚싯줄 두 개를 던졌다. 할머니가 갑판 위 해먹에 누워 있는 동안 나도 낚싯줄을 던졌다.

얼마 지나지 않아 하늘고기를 몇 마리 잡았다.

"마틴, 이 정도면 됐어."

하지만 마틴은 내 말을 듣지 않았다.

"몇 마리만 더. 아직 충분하지 않아."

요리를 할 때 마틴에겐 한 가지 문제가 있다. 항상 너무 많이 만든다는 것이다. 마틴은 요리를 곧잘 한다. 그 나이치곤 꽤 괜찮은 요리사다. 하지만 우리가 먹을 수 있는 한도 이상으로 만들기 때문에 항상 음식이 남기 일쑤다. 결국 우리가 과식을 하거나, 음식이 쓰레기가 되고 만다.

페기 할머니의 섬에서라면 상관이 없다. 남은 음식을 퇴비 기계로 보내면 할머니는 그걸 과일과 채소 기르는 데 사용했다. 하지만 하늘 한가운데에 떠 있는 지금은 배 밖이 아니면 따로 버릴 곳이 없다. 이게 무슨 문제냐고 생각할 수도 있다. 하지만 잘못된 생각이다. 우리도 처음엔 그렇게 생각했지만, 이런 잘못된 생각은 언제나 그에 따른 심각한 결과를 초래하고 만다.

6

무지의 섬

젬마의 이야기(계속)

나는 마틴이 알아서 하게 놔뒀다. 그게 규칙이다. 요리는 당번
인 사람이 알아서 할 일이니 간섭을 하면 안 된다. 그리고 어차피
조리실은 두 명이 같이 서 있기도 힘들 만큼 좁다.

마틴이 하늘고기 내장을 제거하고 비늘을 벗겨서 요리하는 동
안, 나는 우리가 가는 여정을 확인했다. 그런 뒤 갑판에 있는 또
다른 해먹에 누워 파란 하늘을 올려다봤다. 저 구름들이 무엇과
닮았는지 상상해보려고 했다. 하지만 딱히 생각나는 게 없었다.

그러다 잠이 들었던 모양이다. 나는 조리실에서 풍겨 오는 음
식 냄새에 잠이 깼다. 냄새는 나쁘지 않았다.

"음식 다 됐어요!" 마틴이 외쳤다.

"냄새가 좋구나." 할머니가 말했다.

나는 할머니를 해먹에서 내려드린 뒤 저장고로 가서 우리가 마실 물을 한 잔씩 따라 왔다. 물은 아직 넉넉히 있었다.

우리는 앉아서 먹기 시작했다. 오늘의 메뉴는 허브와 채소, 쌀, 양념을 곁들여 오븐에 구운 하늘고기였다. 세 명이, 아니 여섯 명이 먹어도 충분한 양이었다.

"마틴, 이건 좀⋯."

"모자란 것보단 남는 게 낫잖아."

"대부분 남을 텐데."

"하늘고기 주면 돼."

"그러든지."

요리는 마틴이 했기 때문에 나는 설거지를 맡았다. 처음엔 할머니가 설거지를 하겠다고 나섰다. 민주주의자인 할머니는 나이를 내세우는 법이 절대 없다. 하지만 내가 거부했다. 할머니는 설거지보다 훨씬 최악인 우리를 돌보는 일을 떠맡았으니 설거지는 내가 하겠다고 했다. 그러자 할머니가 미소를 짓더니 그건 사실이 아니라고, 우리와 보낸 몇 년이 최고의 시간이었다고 했다.

나는 그때 처음으로 우리가 메트로 아일랜드에서 살아갈 새로운 삶에 할머니는 함께하지 않을 거라는 사실을 깨달았다. 할머니는 홀로 섬으로 돌아갈 것이고, 거기서 외롭게 살 것이다. 이웃 섬에 사는 벤 할아버지도 할머니의 외로움을 달래주지는 못할 것이다. 오랫동안 함께했던 우리가 떠나버렸으니 말이다.

갑자기 슬프고 미안한 마음이 들었다. 외롭게 나이가 든다는 것은 즐거운 일이 아니다. 우리가 메트로 아일랜드에 가서 살게 되면 새로운 생활에 온통 정신 팔려 할머니에 대해서는 전혀 생각조차 안 할지도 모른다. 하지만 그동안 할머니가 우리한테 해준 것들을 생각해보면, 그건 끔찍하게 잘못된 일이다. 그런 일은 절대 없을 거라고, 그리고 할머니를 외롭게 하는 일도 없을 거라고 나는 속으로 다짐했다.

"마틴, 남은 음식들은 어쩔 거야?"

"아까 말했잖아. 하늘고기 줄 거야."

나는 마틴한테 냄비를 건넸고, 마틴은 냄비 안의 음식을 긁어모았다.

하지만 그건 큰 실수였다.

하늘고기에겐 절대로 먹이를 주면 안 된다.

아니, 날것은 줘도 괜찮다. 그건 아무 문제가 없다. 하지만 조리한 음식이라면 이야기가 달라진다.

조그만 고기에겐 날것이든 익힌 것이든 아무 음식이나 줘도 괜찮다. 작은 고기들은 떼로 몰려와서 배 밖으로 던져준 음식을 받아먹는다. 그리고 혹시나 먹을 게 더 있지 않을까 해서 잠시 어슬렁대다가 가버린다.

문제는 큰 고기다. 당시에는 몰랐다. 아니, 어쩌면 페기 할머니는 알았을지도 모른다. 단지 우리한테 말하는 걸 잊어버린 것일 수도 있다. 어쨌든 큰 고기는 익힌 음식 맛을 보고 나면 자리를 뜨지 않고 더 먹을 게 없나 해서 주변을 서성인다. 이런 식단을 특히나 마음에 들어 하는 종이 있는데, 그것은 바로 하늘상어다. 그중 청상아리는 하늘상어 중에서도 최악의 녀석들이다. 입안에 끌처럼 생긴 이빨이 있고, 돛대를 부러뜨릴 수 있을 만큼 강력한 턱을 갖고 있다.

마틴이 배 밖으로 버린 음식이 떠다니고, 냄새를 맡은 작은 고기들이 몰려들었을 때만 해도 우리는 이런 것들에 대해 전혀 생각하지 못하고 있었다.

나는 그릇들을 아래층 조리실로 갖고 내려가서 설거지를 시작했다. 깨끗이 설거지를 마친 뒤 모든 걸 제자리에 놓으려니 시간이 조금 걸렸다.

그런데 갑자기 배가 흔들렸다. 마치 부둣가를 들이받거나 떠다니는 거대 물체와 충돌한 것 같았다.

"이런… 마틴! 너, 거기 위에서 뭐 하는 거야?"

무슨 일이 생겼을 때 그 자리에 남동생이 있다면 일단 녀석의 짓이라고 단정하고 본다. 실제로 대부분 그랬다.

"마틴! 무슨 짓을 벌인 거냐고?"

나는 서둘러 조리실을 나와 갑판으로 올라갔다. 제일 먼저 눈에 들어온 것은 돌처럼 굳은 채 서 있는 마틴이었다. 그리고 백스무 살이 되도록 이런 건 처음 본다는 듯 뭔가를 뚫어져라 쳐다보고 있는 할머니가 보였다.

세 번째로 눈에 띈 것은 우리 배의 절반쯤 되는 길이의 생명체가 위에서 맴돌고 있는 모습이었다. 옆에 붙은 지느러미는 새의

날개처럼 움직였다. 그 눈은 내가 본 것들 중 가장 까맣고 구슬 같았다. 벌어진 입 속에는 면도날처럼 날카롭고 칼처럼 큰 이빨이 있었고, 그 사이로 침방울이 떨어졌다.

"저게… 저게 뭐지?"

하지만 나는 그 정체가 무엇인지 알고 있었다.

"나라면 그 이상 가까이 가지 않을 거다." 할머니가 말했다. "젬마 넌 천천히 돛대로 가서 갈고리 달린 장대를 들고 오렴. 제발, 천천히…."

"알겠어요… 제가…."

나는 천천히 움직이기 시작했다.

"저게 원하는 게 뭐야?"

"더 먹고 싶은 것 같아." 마틴이 말했다. "남은 음식 말이야."

"그럼 더 줘. 먹으면 가겠지."

"더 없는걸."

나는 갑판을 반쯤 가로질렀다. 두 개의 검은 구슬 같은 눈이 나를 내려다봤다.

"움직이지 마, 젬마." 할머니가 말했다. "잠시 그대로 멈춰."

하지만 나의 모든 본능은 도망치라고 말하고 있었기 때문에 그리 쉽게 멈춰지지 않았다. 그렇다고 딱히 도망칠 곳이 있는 것도 아니었다.

"남은 음식이 없다는 걸 알면 돌아갈 거예요."

"글쎄, 내 생각엔 안 그럴 것 같구나. 이제 맛을 안 것 같아."

"무슨 맛요?"

"따뜻한 살코기의 맛."

나는 속에서 심장이 고동치는 걸 느꼈다. 침을 삼키려 해봤지만 삼킬 수가 없었다. 입안에 침이 가득 고였다. 조심하지 않으면 나도 곧 청상아리처럼 침을 흘릴 것만 같았다. 아니면 내가 상어밥이 되거나.

"젬마, 걱정 마… 빨리 움직이지만 않으면…."

나는 가만히 서서 기다렸다.

전에 할머니가 한 번 말해준 적이 있는데, 구세계의 지구는 대부분 물로 이뤄져 있었다고 한다. 육지도 약간 있었지만 대부분 물이었고, 물고기들은 바닷속에서 행복하게 지냈다고 한다. 물고기들은 그저 사람들 밑에서 혹은 옆에서 헤엄칠 뿐, 바다 밖으로 나와 급습을 하거나 쫓아오는 일은 없었다고 한다. 멸망하긴 했지만 구세계도 좋은 점은 있었던 것이다.

청상아리가 지느러미를 펄럭이며 주변을 맴돌았다. 가끔은 꼬리를 튕기면서 회전했다. 위로 손을 뻗으면 저 질긴 가죽이 손에 닿을 것도 같았다.

"너무 걱정 마. 어쩌면 그냥 갈 수도…."

나는 천천히 손을 뻗어 갈고리 달린 장대를 잡았다. 하지만 저 날카로운 이빨이면 장대를 산산조각 내고 말 것이다.

할머니는 돌처럼 굳어 있었고, 마틴은 청상아리의 벌어진 주둥이에서 떨어지는 침방울을 지켜보고 있었다. 그 침은 갑판에 닿자 마치 산성 물질처럼 지글거리는 소리를 냈다.

"누나, 가만있으면 그냥 갈 거야…."

물론 그럴 수도 있었을 것이다. 우리의 그 친구만 아니었다면. 조리실 주변에서 음식을 찾아 냄새를 맡고 다니다가 이제야 계단을 올라 나타나지만 않았다면. 뚱뚱한 얼굴, 게으른 눈, 언제나 그렇듯 아무 짝에도 쓸모없는 버찌가. 청상아리한테 하늘고양이는 따끈따끈한 간식거리였다.

청상아리가 공중에서 버찌를 내려다봤다. 한 눈으로는 버찌를 보고, 다른 눈으로는 나를 계속 주시하면서.

"눈을 찔러, 젬마…."

나는 본능적으로 알고 있었다. 하지만 그 생각을 하니 조금 역겨웠다. 대신에 배나 목, 가슴을 노려볼 만하다고 생각했지만 완전히 제압할 수 있는 부위를 찾아야 했다.

청상아리가 지느러미를 튕기면서 몸뚱이를 또 한 번 뒤집었다. 꼬리를 치켜든 걸 보니 곧 사냥을 시작할 것 같았다. 하지만 버찌는 완전히 얼어붙은 채 그 모습을 쳐다보고만 있었다. 마치 절대 공포에 빠진 커다란 털 뭉치 같았다.

청상아리가 거대한 주둥이를 벌리고 먹이를 한입에 삼킬 준비를 했다. 위아래로 칼 같은 이빨이 보였다.

"젬마…."

드디어 청상아리가 사냥을 개시했고, 나는 위를 향해 장대를 있는 힘껏 찔렀다.

"으악!"

나는 뒤로 물러섰다. 버찌가 도망을 쳤다. 마틴이 토하는 소리가 들렸다. 청상아리가 갑판 위로 떨어져 몸부림치기 시작했다. 그러자 할머니가 다가와 장대를 받아들고는 물러나라고 했다. 그리고 청상아리의 심장을 겨냥해 다시 찔렀다. 백스무 살 된 할머니치고 힘이 넘쳐 보였다. 할머니가 장대를 뽑아서 또 한 번 내리꽂았다. 마치 저 청상아리한테 케케묵은 악감정이 있어서 마침내 통한의 복수를 하는 듯했다.

청상아리가 거친 숨을 내뱉으며 살기 위해 미친 듯이 헐떡였다. 갑판 위를 뒹굴며 거대한 몸뚱이로 주변 바닥을 내리쳤다. 그러더니 도망치려는 듯 지느러미를 튕겨 간신히 공중으로 날았다. 하지만 힘이 빠진 녀석은 엄청난 소리를 내며 다시 갑판 위로 떨어졌다. 비틀거릴 때마다 갑판에 있는 물건들이 부서지는 소리가 났다.

그러다 마침내 움직임이 잦아들었다. 청상아리가 피 웅덩이 속에 조용히 널브러졌다.

"죽었어요?"

마틴이 가까이 다가갔다.

"기다려, 마틴."

할머니가 손에 든 장대로 두 번 더 상어를 찔러봤다.

"이제 됐다. 죽었어."

버찌가 청상아리 근처로 다가갔다. 한껏 용맹하고 당당한 자태였다. 마치 자기가 녀석을 죽이기라도 한 것처럼 말이다. 하지만 순간 녀석의 커다란 턱이 뒤틀리자 버찌는 재빨리 배 끝으로 도망쳤다.

마틴이 코를 쥐고 얼굴을 잔뜩 찡그렸다.

"이걸 어떻게 해요? 이 냄새는 또 어쩌지!"

그랬다. 정말이지 고약한 냄새가 났다.

"배 밖으로 던져버려야지."

"그런데 저 이빨 좀 보세요. 이빨 하나만 뽑아도 돼요? 기념품으로 갖고 싶어서요."

"마틴! 저리 비켜!"

"보기만 할게요."

"윈치 가져오렴."

윈치는 갑판에 고정되어 있었다. 손잡이를 돌려서 보통 짐을 들어 올리는 용도로 사용된다. 우리는 밧줄과 망을 청상아리 아래에 연결하고 윈치로 녀석을 들어 올렸다. 그런 다음 윈치를 옮겨서 밧줄을 풀고 녀석을 배 밖으로 떨어뜨렸다.

마틴이 난간 밖으로 머리를 내밀고 청상아리가 추락하는 모습을 지켜봤다. 얼마 지나지 않아 근방에 있던 포식자들이 몰려들었다. 태양으로 떨어지기 전에 한 입이라도 뜯어먹으려는 것이다.

"와우~ 어쩜 저게 우리일 수도 있었던 거네요."

"이건 또 어쩐담. 환장하겠군. 아주 완벽해."

할머니는 산산조각 난 태양전지판을 살펴보고 있었다.

"작동되는 게 있긴 해요?"

"없는 것 같구나. 몇 개는 부품만 있으면 수리할 수 있을 것 같은데, 부품이 너무 모자라. 나머지는 교체해야겠어."

마틴이 망가진 태양전지판을 쳐다봤다.

"세상에."

"그래, 마틴. 세상에 이런 일이 있구나."

하지만 할머니의 이 말은 마틴을 질책하는 소리에 가까웠다.

"정말 세상에나 말이야."

"죄송해요, 할머니. 음식물 찌꺼기 말이에요. 이렇게 되리라곤 생각도… 그것 때문에 하늘상어가 올 거라곤…."

"이제라도 알았으면 됐다."

"이제 어떡해요, 할머니?" 내가 물었다.

"육지로 가서 고쳐봐야지."

"그래도 아직 돛은 있어요."

"돛은 있지만 바람만 가지곤 너무 느려서 다음 방학이 시작할 때에나 메트로 아일랜드에 도착할 거야."

"죄송해요, 할머니."

"괜찮아, 마틴. 모르고 한 거잖아. 하지만 이젠 알았지? 이렇게 배우는 거란다."

"네."

"좋았어. 그럼 이 난장판을 치우고 다시 가보자꾸나."

"어디로 향할까요?"

"내가 지도를 보마. 여기서 가장 가까운 섬으로 가야지."

나는 빗자루를 들고 마틴은 냄비와 솥을 들었다. 우리는 갑판에 있는 청상아리의 흔적을 지우고, 깨진 태양전지판을 정리했다.

"지도를 보니 여덟 시간쯤 가면 섬이 하나 나올 거야." 할머니가 말했다. "바람만 이용해 이동하면 더 오래 걸릴 수도 있어. 우리가 가던 방향은 아니지만 상관없어. 어쩔 수 없지 뭐."

그러고는 방향을 좌측으로 90도 꺾고 돛을 조절했다.

"죄송해요, 할머니."

"괜찮아, 마틴. 계속 사과할 필요 없다. 사과를 너무 많이 하는 것도 좋은 건 아니야."

"저… 녹차 드실 분 있어요?"

마틴의 말에 할머니가 미소를 지었다.

"그래, 마틴. 한 잔 주렴. 고맙구나."

마틴이 조리실로 내려갔고 버찌가 그 뒤를 따랐다. 누구든 조리실에 내려가면 버찌는 항상 따라 내려간다. 그런다고 간식을 늘 얻는 건 아니지만, 그래도 시도할 만한 가치가 있다고 생각하는 것 같다.

10분 후 마틴이 녹차 세 잔을 들고 나타났다.

"고맙다, 마틴."

"그 섬의 이름이 뭐예요, 할머니?"

내가 묻자 할머니는 대답하기를 주저했다.

"지도에 뭐라고 적혀 있는지 읽을 수가 없더구나. 노안이 와서 말이야. 시력 검사를 받고 새로 안경을 해야겠어. 검사받은 지 10년도 더 됐잖니. 메트로 아일랜드에 가면 바로 해야겠어."

"제가 볼까요?"

"아니, 괜찮아. 실은 지도에 뭐라고 적혀 있는지는 봤단다. 다만 내 생각엔 실수가 있었던 것 같아서 말이야."

"왜요? 뭐라고 적혀 있는데요?"

"그게 말이지… 여기에…" 할머니가 하늘지도에 있는 작은 섬을 가리켰다. "'무지'라고 적혀 있어."

"무지요?"

"그래, 무지(無知). 그런데 이건 말이 안 돼. 아마 오타가 난 것 같아. 내 생각엔 무해(無害)가 맞는 것 같구나."

"무해. 그렇겠네요. 섬 이름으로 딱인걸요." 나는 벌써부터 그 섬이 마음에 들었다. "무해… 왠지 그 섬엔 햇살이 비추고 순풍이 불고 달콤한 물이 솟는 돌샘이 있을 것 같아요."

"그래, 바로 그거야. 그곳에 가면 태양광 엔진을 뚝딱 고칠 수 있을 것 같구나."

"그런데 만약 무지란 이름이 맞는다면 조금 이상한 곳일 것 같아요." 마틴이 할머니의 팔 너머로 지도를 보며 끼어들었다. "아니, 누가 섬 이름을 무지라고 짓겠어요? 무지라고 이름을 붙인 것 자체가… 진짜 무지한 짓이죠."

"이건 분명 실수야, 마틴. 네 말마따나 누가 섬에 무지란 이름을 붙이겠니."

할머니는 이렇게 말한 뒤 녹차를 한 모금 마셨다.

우리가 탄 배는 약한 순풍을 타고 천천히 나아갔다. 바람은 마치 잔물결 같았다. 누군가 잠잘 때 새근새근 쉬는 숨결 같았다.

그러다 마침내 멀리 섬이 보였고, 점점 우리와 가까워졌다. 우리는 섬에 사람이 살고 있는 흔적을 볼 수 있었다. 한쪽에는 화려한 건물들과 좋은 집들이 있었다. 하지만 다른 쪽에는 엉망진창으로 지어진 판잣집들이 있었다. 들쑥날쑥하고 형형색색에 서로 다닥다닥 붙어 있었다. 할머니가 말하길, 저곳은 가난한 이민자들이 돈을 벌어 더 나은 삶을 살 기회를 잡을 때까지 모여 사는 곳일 거라고 했다.

"저기 항구가 있어요!" 마틴이 낡은 망원경을 들여다보며 외쳤다. "그리고 표지판이 있어요."

마틴의 말대로 표지판이 보였다. 그 표지판은 멀리서도 보일 정도로 언덕 위에 자랑스럽게 우뚝 서 있었다. 그리고 거기엔 이렇게 적혀 있었다.

무지. 그 어디에도 없을 멋진 곳.

"정말 무지라고 적혀 있어요. 지도가 맞나 봐요."

"그래, 그렇구나." 할머니가 언짢은 투로 말했다. 전혀 기쁘지 않은 목소리였다. "젬마, 입항 준비 좀 해줄래?"

돛을 내린 뒤 우리는 섬으로 들어갔다. 부둣가로 사람들이 모여들었는데, 다들 키는 땅딸막했지만 친근한 인상이었다. 누더기 같은 옷을 입고 있었고, 반바지와 티셔츠 차림에 샌들조차 신지 않은 사람도 있었다.

우리가 밧줄을 던지자 그들은 우리를 도와 부둣가에 밧줄을 묶었다.

"고맙습니다!"

내가 그렇게 외치자 아름답게 옷을 차려입은 날씬하고 우아한 여자가 나타났다. 그녀는 부둣가에 있는 일꾼들보다 머리 하나 혹은 그 이상 컸고, 손톱도 예쁘게 칠했다. 머리카락은 부분 염색을 했고 목과 팔, 손가락, 발목에는 장신구가 주렁주렁 달려 있었다.

"괜찮아요. 저 사람들한테는 감사해하지 않아도 돼요. 저들은 찔찔이거든요. 우리 섬으로 들어오신 여러분을 환영합니다. 여기는 방문객들이 자주 오지 않아요. 종류를 막론하고 말이죠. 여기서는 손님을 맞는 게 꽤나 귀한 일이랍니다. 어서 들어오세요."

그러고는 그녀가 부둣가를 가리켰다.

우리는 배에서 내려 그녀에게 갔다.

"배에 탄 사람은 여러분이 전부인가요?"

마치 우리한테 짐을 들어주고 차를 타주는 하인들이 있기를 기대라도 한 듯 그녀가 물었다.

"네, 우리가 전부랍니다. 난 페기라 하고 이 아이들은… 내 고손자들이죠. 이름은 젬마와 마틴이고요. 이 아이들을 메트로 아일랜드로 데려가는 길인데 태양광 엔진에 문제가 생겼답니다."

"어머나, 메트로 아일랜드라니! 참 좋죠. 메트로 아일랜드에 가본 지도 10년 이상 됐군요. 쇼핑하러 가는 거예요? 아니면 오페라 보러?"

"아이들 교육 때문에 가는 거랍니다."

이 말을 듣자 그녀가 엄청나게 재미있고 소름 끼치게 즐거운 일이라도 되는 듯 손뼉을 쳤다.

"교육이라니! 참 별나네요! 다른 사람들한테 이 사실을 알려주면 다들 재미있어할 거예요. 어쨌든 따라오세요. 집에 가서 제가 소개시켜줄게요."

"그럼 저건…?"

"배는 걱정 마세요. 찔찔이들이 살펴보고 알아서 처리할 거예요. 여러분은 아무것도 안 해도 돼요. 저들이 여러분의 태양광 엔진을 고쳐줄 테니까요. 저들은 손재주가 아주 좋아요. 머리는 좋지 않지만요. 우린 육체노동은 모두 저들한테 시킨답니다."

"고치는 건 내가 직접 하면 됩니다. 내가 필요한 건…."

하지만 그녀는 듣지 않았다.

"어머나, 아니요. 못 들은 걸로 할게요. 여러분의 손이 더러워지는 걸 제가 보고만 있을 순 없어요. 저건 찔찔이들의 일이에요. 저들도 개의치 않아요. 사실 저들은 일을 즐기거든요."

"우린 손이 더러워져도 상관없는걸요." 마틴이 불쑥 끼어들었다. "우리 할머니는 손을 더럽히며 일하는 걸 절대 싫어하지 않아요. 그건 정직한 노동이잖아요. 그렇죠, 할머니?"

그러자 그녀가 완벽한 치아와 장미 꽃봉오리 같은 입술 사이로 또다시 경쾌한 웃음소리를 흘렸다.

"이런, 정말 귀엽군요. 참 사랑스럽지 않나요?"

그러고는 마틴의 머리를 흐트러뜨렸다.

만일 내가 그런다면 그건 자살 행위나 다름없다. 하지만 마틴은 그녀를 발로 차지 못했다. 그냥 노려보기만 할 뿐이었다.

그리고 나는 저 여자가 말하는 사람이 내 동생 마틴이 맞나 싶었다. 귀엽다고? 사랑스럽다고? 마틴이?

나는 속으로 생각했다. 어떻게 저리도 무지할 수 있지?

얼마 지나지 않아 나는 그 답을 알 수 있었다.

7

찔찔이

젬마의 이야기(계속)

"괜찮아요. 걸어갈 수 있어요."

항구를 떠나 언덕 위에 있는 집을 봤을 때 할머니가 말했다.

"어머나, 아니에요. 그건 불가능한 일이에요." 여자가 말했다.

"별로 멀어 보이지 않는걸요. 그리고 계속 배에만 갇혀 있어서 우리도 다리를 좀 펴고…."

"정말 안 돼요. 이래서 찔찔이들이 있는 거예요. 만약 여러분을 태우고 가지 못한다면 찔찔이들이 화낼 거예요. 자, 다들 의자에 앉으세요. 이제 곧 찔찔이들이 여러분을 언덕 위로 모실 거예요."

그 의자를 '가마'라고 한다고 후에 할머니가 말해줬다. 두 개의 막대 위에 의자가 놓여 있었고, 그 의자에 우리가 앉자 찔찔이들이 앞뒤로 한 명씩 서서 우리를 태운 가마를 들고 갔다.

여자의 이름은 타니아였는데, 타니아를 실은 가마를 따라 우리를 태운 호위대가 출발했다. 타니아 뒤로 할머니, 그 뒤로는 마틴, 그리고 마지막에 내가 있었다.

내 가마를 들고 가는 두 명의 사내는 부둣가에서 본 사람들 같았다. 키가 땅딸막하고 초라한 행색이었지만 그들의 눈은 빛이 났고 행동은 민첩했다. 내가 보기에 그들은 단순히 기계적으로 일을 하는 게 아니라 총명해 보였다. 이런 사람들을 찔찔이라고 부르는 건 부당한 모욕 같았다. 나는 그들이 묵묵히 견뎌내면서 뭔가를 기다리고 있는 듯한 느낌을 받았다. 하지만 뭘 기다리는 것인지는 알 수 없었다.

우리는 작은 마을을 지나 대저택이 있는 언덕을 올랐다. 분명 저 저택에서는 멋진 풍경을 볼 수 있을 것이다. 나는 가마 앞에 있는 남자의 등을 봤다. 그의 목 근육은 경직되어 있었고, 땀이 송골송골 맺혀 있었다.

가는 길에 키가 크고 우아한 사람들을 몇 명 더 지나쳤다. 그들 역시 옆에 찔찔이를 두 명씩 데리고 있었다. 타니아는 그들과 인사를 나누고 우리를 방문객이라고 소개한 뒤, 그들을 전부 저택으로 초대했다.

길은 좁은 나선형으로 이어졌다. 왼쪽으로는 멀리 또 다른 판자촌이 보였다.

"저기엔 누가 사나요?" 할머니가 물었다.

"아, 찔찔이들이죠." 타니아가 대답했다. "저들에겐 저들의 구역이 있고 우리에겐 우리 구역이 있어요. 하지만 모든 게 아무 문제 없이 잘 돌아가요. 찔찔이들은 무슨 일이든 다 할 줄 알아서 우린 저들한테 모든 일을 다 시키죠. 전 베갯잇도 다릴 줄 모른답니다. 여러분 섬에도 찔찔이들이 많이 있나요?"

"없어요." 할머니가 퉁명스럽게 말했다.

"이런, 세상에나! 그럼 일은 누가 하죠?"

"우리가 하죠."

"놀랍군요! 참 신기하네요. 찔찔이가 없다니, 굉장히 구식이군 요. 전 찔찔이가 없었다면 우리가 어떻게 살았을까 싶을 정도인 데 말이에요. 직접 일을 하면 너무 피곤하지 않아요?"

"하루 종일 엉덩이를 붙이고 있는 것보단 낫겠지."

나는 할머니가 그렇게 중얼거리는 소리를 들었다. 하지만 할머 니가 곧바로 질문을 했기 때문에 타니아가 그 말을 들었는지는 모르겠다.

"그런데 저긴 무슨 공사를 하나요?"

판자촌 가장자리에 건물이 올라가고 있었다. 다 지어지면 상당 한 크기의 저택이 될 것 같았다.

타니아의 눈이 그쪽으로 향했다.

"아, 저긴…."

그녀의 얼굴이 당혹스러움과 짜증으로 잠시 어두워졌다. 하지 만 그 어둠은 곧 사라졌다.

"저건 어떤 찔찔이의 건물이에요. 자기 저택을 짓는 거죠. 캐스퍼라는 사람인데, 찔찔이들 중 가장 높은 사람이라나 뭐라나. 대체 돈이 어디서 났는지 모르겠어요. 참 이상하죠. 찔찔이들 형편이 좋아지고 있는 것 같으니 말이에요. 저들은 시건방지진 않아요. 만약 그랬다면 우리가 가만히 있지 않았겠죠. 이따가 보게 될제 남편 레이놀드가 저들이 혹시 거만해진 건 아닌지 해서 얘기해본 적이 있는데, 그냥 형편만 나아진 것 같아요."

우리는 곧 저택에 도착했다. 찔찔이들이 우리가 탄 가마를 내려놓고 얼굴에 흐르는 땀줄기를 훔쳤다.

"자, 들어와서 다과 좀 드세요." 타니아가 저택의 그늘 속으로 우리를 안내하며 말했다. "언덕을 오르느라 굉장히 덥고 목이 마르실 거예요."

따가운 햇볕이 내리쬐는 바깥에 찔찔이들을 남겨두고 우리는 그녀를 따라 저택 안으로 들어갔다.

"저 사람들은 마실 게 없나요?"

할머니가 묻자, 타니아가 놀란 눈으로 할머니를 쳐다봤다.

"누구요?"

"저 사람들이 우리를 언덕까지 싣고 왔잖아요."

"아, 찔찔이들… 뭐, 저들도 어디 가서 물을 마시겠죠. 자, 어서 들어와서 다른 사람들을 만나보세요. 우린 손님이 방문하는 일이 극히 드물거든요."

우리는 바닥을 쓸고 있는 찔찔이들을 지나쳤다. 부엌을 힐끔 보니 역시나 찔찔이들이 일하고 있었다.

"레이놀드…."

타니아의 남편 레이놀드는 타니아보다 키가 컸고 더 나른해 보였다. 타니아가 그에게 우리를 소개했다.

"손님이 왔어요. 페기 씨와 페기 씨의… 손자 같은 아이들인데, 이분들 배는 지금 수리 중이에요."

"만나게 돼서 반가워요. 무지의 섬에 오신 걸 환영합니다."

"그것에 대해 물어볼 게 있습니다만." 할머니가 말했다.

"그건 사실 아주 간단합니다." 레이놀드가 말했다. "혹시 구세계의 시를 잘 아시나요?"

"잘 알지는 못해요."

할머니는 노련하게 표정을 잘 숨기고 있었다. 얼굴에 빈정거리는 기색이 조금도 드러나지 않았다.

"그리고 내 나이 정도 되면 기억이 조금씩 사라지기도 하지요."

"제 기억엔 셰익스피어인 것 같습니다." 레이놀드가 말했다.

"처음 듣는데, 유명한 시인이에요?" 마틴이 물었다.

"메트로 아일랜드에 가면 실컷 들을 거야." 할머니가 답했다.

"셰익스피어는 기억에 남을 만한 몇 가지 말을 했죠. 무지가 그 중 하나랍니다." 레이놀드가 말했다.

"무지요?"

"'무지가 축복일 때, 지혜로워지려고 하는 것은 어리석은 짓이다.' 그렇지, 타니아?"

"그렇고말고요, 여보."

"우리가 잘 아는 것이군요." 할머니가 대꾸했다.

"그것이 바로 제 아버지의 철학의 근간이었습니다."

"무지한 게 낫다는 소리인가요?"

"그렇습니다. 혹은 더 행복하다는 것이지요. 안 그래, 여보?"

"그럼요, 여보. 마실 것 좀 더 줄까요? 찔찔이를 부를게요."

시원한 음료들이 또 줄줄이 등장했다.

"제 아버지는 광산으로 돈을 버셨습니다. 우라늄 섬에서 말입니다. 거기서 수백억 원을 버셨고 이후 광산을 파셨지요. 아버지가 물려주신 유산으로 저는 이 섬을 사서 저와 비슷한 생각을 가진 사람들과 함께 정착하게 됐습니다. 그리고 섬 이름을 무지라고 지었지요. 농담인 동시에 일종의 반어법으로 말입니다. 그후로 우린 여기 살면서 무위도식하고 있답니다."

"무위요…?" 내가 물었다.

"어린 아가씨, 그 말은 하루 종일 아무 일도 하지 않고 즐겁게 산다는 뜻이야. 우린 수확, 씨뿌리기, 낚시 같은 일들을 하지 않아. 그저 삶을 즐길 뿐이지. 그렇지, 타니아?"

"그럼요, 여보."

"우린 실용적인 일은 아무것도 할 줄 모르고 손을 더럽히지도 않아. 하고 싶지 않은 일은 전혀 하지 않지."

"그런 일들은 찔찔이들한테 시키죠." 타니아가 맞장구쳤다.

할머니가 음료를 마시다 레몬 조각이라도 씹은 듯 인상을 썼다. 할머니가 용납하지 않는 게 한 가지 있다면, 바로 아무것도 안 하는 것이다.

"그럼 저 일꾼들은 어디서 왔나요?" 할머니가 물었다.

"찔찔이들요? 몇몇은 우리가 데리고 왔습니다. 저들은 작은 섬을 갖고 있었는데, 지독하게 건조하고 황량한 곳이라서 생계를 유지하기가 힘들었지요. 그래서 나머지 찔찔이들도 나중에 우리를 따라왔습니다. 저들은 번식률도 상당한 것 같더군요. 정말 대단한 사람들입니다. 적의나 질투가 없지요. 우리를 위해 무엇이든 해줘요."

할머니가 레이놀드를 쳐다봤다.

"그게 확실해요?"

"뭐가 말이죠?"

"적의가 없고…."

"아, 전혀 없어요. 저들의 원래 성격이 그래요. 그저 우리를 위해 일하는 걸 좋아하지요. 저들은 누군가의 시중을 들기 위해 태어난 거예요. 그게 바로 찔찔이들이죠."

"만약 당신들이 가진 돈이 다 떨어지면요?"

"음, 그런 일은 일어나지 않을 거예요. 그렇죠, 여보?"

타니아가 묻자, 레이놀드가 다소 인위적인 웃음을 억지로 쾌활한 척 뱉었다.

"그럼. 수백억 원을 다 쓰는 게 쉬운 일은 아니지요. 사람들이 한 가지 모르는 게 있는데, 이렇게 엄청나게 돈이 많으면 돈이 스스로 불어난다는 겁니다. 이 많은 돈을 다 쓰기란 거의 불가능에 가까워요. 그러니까 돈이 떨어진다? 그런 일은 일어나지 않을 것 같군요. 여보, 문소리가 들리는군. 우리의 첫 손님이 도착했나 봐. 내가 찔찔이들을 불러 음료를 더 가져오라고 하지."

저택이 점점 멋지고 우아한 사람들로 가득 차기 시작했다. 나는 저들도 다 부자일지, 아니면 레이놀드의 돈으로 먹고사는 건지 궁금했다. 하지만 그걸 묻는 건 무례한 짓일 것 같았다.

우리는 이 모임에서 유명 인사가 되었다. 혹은 신기한 존재였다. 나는 일도 하지 않는 저 돈 많고 우아한 사람들의 삶이 따분하진 않을까 궁금했다. 저들은 멋들어진 하늘요트를 갖고 있었다. 어떤 요트는 저택보다도 컸다. 저 사람들은 요트를 타고 한가로이 여행을 하거나 하늘스키를 타거나 하늘낚시를 하러 다닐 것이다.

"나, 여기 싫어. 누나는 좋아?"

마틴이 내 곁에 오더니 이렇게 말했다.

"아니."

"여긴 뭔가 섬뜩해."

"나도 그래."

"그게 뭘까?"

"위험. 불쾌감."

"아니, 그게 아니야."

"그럼 뭔데?"

"나도 모르겠어. 공기에서 느껴져. 어떻게 아무것도 안 하고 살수 있지? 게다가 할 줄 아는 것도 없고 일이 어떻게 돌아가는지도 모르고 말이야. 난 일이 어떻게 돌아가는지, 그런 것들을 다 알고 싶은데. 누나는 안 그래?"

"그래, 그런 것 같아."

그때 할머니가 끼고 싶지 않은 대화에서 벗어나 우리한테 왔다.

"우린 그만 가자꾸나."

"배는 어떻게 해요?"

"지금쯤이면 다 고쳤을 거야. 넉넉히 잡아도 두 시간이면 되거든."

레이놀드가 할머니의 말을 엿듣고 끼어들었다.

"그렇지 않을 겁니다. 배를 고치려면 며칠 걸릴 거예요. 태양광엔진이 부서졌잖아요. 아주 짧게 잡아도 일주일은 걸릴 텐데요."

"네에?"

할머니가 그를 노려봤다.

"정말입니다. 전에 우리 요트에 작은 운석이 떨어져 태양광 엔진이 부서졌는데, 찔찔이 기술자가 고치는 데 일주일이나 걸렸고 돈도 거액이 들었거든요. 하지만 돈은 걱정 마세요. 여러분은 손님이니까, 제가 다 지불할 겁니다."

할머니가 날을 세웠다.

"아니, 돈은 내가 내도록 하죠. 지금까지 그래왔고 앞으로도 그럴 거니까요. 이유 없이 남의 돈을 받는 날이 바로 내 수의를 짜는 날이 될 겁니다."

"정말 괜찮아요. 찔찔이들한테 여러분의 방을 준비해놓으라고 했어요. 우리랑 같이 지내면 됩니다."

"고맙지만 그럴 필요는 없을 것 같네요. 우린 어서 가던 길을 마저 가야 해요. 내가 내려가서 상황을 확인해야겠어요."

"알겠습니다. 정 원하신다면 그렇게 해야지요. 내려가서 보고 싶으시다면 가마를 부르겠습니다."

"우린 걸어갈 거예요."

레이놀드가 할머니를 정신 나간 사람 보듯 쳐다봤다.

"걸어서요?"

"네. 걸어서요."

"하지만 그럴 순 없어요."

"왜 안 되나요? 내리막이잖아요?"

"걷는 건 찔찔이들이나 하는 겁니다."

"우리도 걸을 거예요."

"어째서죠?"

"걷는 게 좋으니까요."

"하지만… 여기선 그렇게 하지 않아요. 우린 걸을 필요가 없어요."

"내가 걷고 싶은 거예요. 발바닥으로 땅을 느끼고 싶고 늙은 내 다리도 쭉 뻗고 싶은걸요."

"하지만…."

"하지만 뭐요?"

"찔찔이들이… 여러분도 자기들 같은 찔찔이라고 생각할 겁니다."

"그럼 그렇게 생각하라지요."

"그럼 그들이 여러분한테 말을 걸지도 몰라요."

"난 괜찮아요. 난 누구하고도 말을 할 수 있거든요. 아이들도 마찬가지죠. 그렇지?"

할머니가 우리한테 몸을 돌렸다. 마틴과 나는 그저 고개를 끄덕일 수밖에 없었다.

"그럼… 뭐라고 해야 할지 모르겠네요…." 레이놀드가 중얼거리듯 말했다.

"우릴 도와주고 이렇게 대접까지 해줘서 고마워요. 파티의 흥을 깨고 싶지 않으니 우린 그냥 슬쩍 가보도록 할게요. 우리 대신 타니아한테 인사 좀 부탁해요."

"배는 아직 수리가 안 끝났을 겁니다. 얼마나 고쳐졌는지 확인해보고 돌아오세요."

"다 끝났을 거예요."

우리는 시원한 음료가 담긴 기다란 크리스털 잔을 내려놓고 후덥지근한 밖으로 나왔다. 그리고 먼지투성이 동네를 관통해서 항구로 이어지는 길로 내려갔다.

이상했다. 가마에 탄 사람들과 찔찔이들 전부 우리를 쳐다봤다. 가마에 탄 사람들은 걷고 있는 우리 모습이 보기 싫었는지 커튼을 내리기까지 했다.

나는 찔찔이들 때문에 마음이 불편해졌다. 그들은 우리가 타니아와 함께 있을 때나 가마를 태워줄 때와는 딴판이었다. 지금은 똑똑하고 총명한 것 이상으로 교활하고 음흉해 보였다. 마치 때를 노리는 기회주의자들 같았다. 조금 전까지만 해도 상냥하기만 했던 그들에게서 감춰져 있는 무자비함 같은 게 느껴졌다.

그들은 심지어 한두 번 우리를 밀치기까지 했다. 물론 단순한 실수였을 수도 있지만 나는 그렇지 않다고 느꼈다. 그들은 자기들과 키가 비슷한 마틴에 대해서는 별로 개의치 않는 듯 보였다. 마치 마틴이 자기들 중 하나라도 되는 것처럼 말이다. 하지만 그들은 나를 팔꿈치로 찌르고 밀쳤다. 할머니에게도 마찬가지였다. 어른에 대한 예의란 게 없었다.

우리가 부둣가에 도착하자, 몇 명의 찔찔이들이 우리 배 주변으로 모였다. 그중 한 명은 다른 찔찔이들보다 옷을 잘 입고 있었다. 낡은 반바지나 티셔츠 같은 게 아니었다. 그의 옷가지는 레이놀드만큼이나 좋았다.

"어때요? 다 끝났어요?"

"캐스퍼 존스입니다. 필요한 게 있으면 말씀하시죠."

할머니가 그를 대충 훑어봤다.

"우리 배 수리는 다 끝났나요?"

"끝나다니요? 여사님의 태양광 엔진은 완전히 부서진 상태였습니다. 그리고 그것만이 아니었죠. 교류 전원과 원통 코일, 열교환기도 망가져 있었습니다. 또… 다른 것들도 있는데 여사님이 이해하기엔 지나치게 전문 용어라서 여기까지 하겠습니다."

"마저 해봐요."

캐스퍼가 넉넉한 미소를 지으며 손을 내저었다.

"복잡해요. 이런 건 찔찔이들만 고칠 수 있는 겁니다. 여사님 같은 분은…."

그러자 다른 찔찔이들이 일제히 고개를 끄덕였다.

"저리 비켜봐요."

할머니는 그렇게 말하고 갑판으로 가서 태양광 엔진을 살펴봤다. 우리는 할머니를 따라 배에 올라탔다. 태양전지판은 모두 교체되어 있었다. 나는 어느 부분의 수리가 아직 안 끝났다는 건지 알 수 없었다.

"보시다시피…."

캐스퍼가 운을 떼자마자 할머니가 재빨리 말을 가로챘다.

"보다시피 교류 전원은 괜찮은데… 코일이 새로 필요하겠네요. 한 5분이면 되겠어요. 원통 코일은 손볼 게 없겠군요. 원통 코일 자체가 없으니 망가질 일도 없죠. 도대체 그쪽이 무슨 말을 하려는 건지 모르겠군요. 그리고 열교환기는 갑판에 있는 것도 아니잖아요? 그런데 그게 어떻게 망가집니까? 안 그래요?"

캐스퍼의 입이 떡 벌어졌다. 다른 찔찔이들이 다음 말을 기대하듯 그를 쳐다봤다.

캐스퍼가 목청을 가다듬었다.

"태양광 엔진에 대해… 잘 아시네요?"

"알다마다요." 할머니가 말했다. "이 여사님이 엔진을 설치했는걸요. 배도 이 여사님이 만들었고요."

캐스퍼가 다른 찔찔이들을 쳐다봤다. 다른 찔찔이들도 그를 빤히 쳐다봤다.

"여사님이… 배를 만들었다고요?"

"그래요, 내가 만들었어요. 이 두 손으로 직접. 물론 친구들의 도움도 받았지만."

할머니가 두 손을 뻗어 보여주자, 캐스퍼가 할머니 손의 굳은살을 보고 놀란 표정을 지었다.

"아, 그러셨군요…."

교체 부품 몇 개가 부둣가에 놓여 있었다. 할머니가 그것들을 주워 들기 시작했다.

"새 코일이 여기 있네. 이거면 되겠어. 스크루드라이버하고 스패너 좀 줘봐요."

"여사님, 그건 찔찔이들의 일이라…."

"방해하지 말고 보기나 해요."

캐스퍼와 다섯 명의 찔찔이들은 할머니가 코일을 교체하는 걸 조용히 지켜봤다.

"좋았어. 마틴, 가서 시동 걸고 충전기를 확인하렴."

마틴이 곧바로 사라졌다가 큰 소리로 외쳤다.

"작동돼요. 숫자도 다 나오고 충전도 다 됐어요."

"여기, 공구 잘 썼어요. 부품에 인건비까지 얼마나 내야 하는지 말해봐요. 내가 보기에 고칠 건 다 고쳤으니 우린 이제 가야 할 것 같군요."

캐스퍼는 할머니한테서 눈을 떼지 않았다. 그 눈빛에는 섬뜩한 뭔가가 있었다. 마치 극도로 흥분해서 할머니를 죽이려고 덤벼들 것만 같았다.

"얼마를 내면 되나요? 얼마인지 알아요?"

"물론이죠, 여사님. 하지만 레이놀드 씨가 작업 비용은 본인이 부담하겠다고 말했습니다. 그러니 여기에 사인만 해주시면 됩니다."

"내가 지불할게요. 비용이 얼마죠?"

캐스퍼가 뭐라고 말하기 전에 할머니가 그의 손에서 계산서를 낚아챘다.

"세상에, 이 가격이면 배를 새로 살 수도 있겠네."

"여사님은 태양전지판 가격에 익숙하지 않은 모양이군요."

"아니요, 이 여사님은 이런 가격에 굉장히 익숙하답니다. 그리고 계산서만 봐도 바가지인지 아닌지 잘 알지요. 그러니 여기 적힌 금액만큼은 줄 수 없어요. 젬마, 금고에 가서 내 지갑을 가져오렴."

나는 내려가서 지갑을 들고 갑판으로 올라왔다.

할머니가 100국제통화에 해당하는 지폐를 꺼냈다.

"잔돈은 가져요."

그러고는 캐스퍼한테 돈을 쥐여줬다.

"하지만 계산서엔…."

"계산서에 얼마가 적혀 있는지는 나도 봤어요. 새 전지판이 50밖에 안 하는데 1,200국제통화라니, 인건비를 50으로 치면 지나치게 과해요. 어쨌든 시간 내 고쳐줘서 고마워요."

캐스퍼가 마지못해 돈을 받았다.

"그럼 저 계산서에 캐스퍼 씨가 완납이라고 적으면 되죠? 다 해결됐으니 우린 이제 떠날게요."

나는 그가 동의하리라 생각하지 않았지만, 그는 코트 주머니를 더듬어 펜을 꺼냈다. 그리고 할머니를 보며 유쾌함도, 따뜻함도 느껴지지 않는 미소를 지었다.

"여사님은 이곳에서 일이 어떻게 돌아가는지 전혀 모르시는군요."

"나도 알아요." 할머니가 언덕 위를 가리켰다. "저들은 돈을 갖고 있죠. 하지만 여러분은 지식을 갖고 있어요. 그래서 여러분이 대놓고 저들을 등쳐먹고 있잖아요. 저 사람들은 아는 게 없으니 돈을 내겠죠. 그 돈으로 당신은 으리으리한 새 집을 짓게 된 거고요. 그렇게 조금씩 저 언덕으로 올라가려는 거 아닌가요, 캐스퍼 씨? 내가 틀렸어요?"

캐스퍼가 아까보다는 온화한 미소를 지었다. 정체를 들킨 것에 겁먹기보다는 기뻐하는 것 같았다.

"내 말이 틀리다면 말해줘요. 그리고 왠지 모르겠지만 아마 머지않아…."

"원초적 직감인가요?"

캐스퍼가 입을 앙다물고 냉소를 머금었다.

"그런 셈이죠. 어쨌는 조만간 무슨 일이… 뭔가 극적인 변화가 생길 것 같군요. 그럼 지식을 가진 자들이 무지한 자들의 것을 차지하게 되겠죠. 예를 들어 땅거미가 지는 밤 시간이 다가오면…."

"그렇습니다, 여사님." 캐스퍼가 무지의 섬과 태양 사이 궤도에 들어선 위성 섬을 가리켰다. "우리의 위성 섬이랍니다. 우린 저걸 '축복'이라 부르죠."

"땅거미가 지는 날 국제경찰 순찰선이 보이지 않게 되면 사람들이 횃불을 들고 대저택이 있는 언덕으로 우르르 달려갈 테고, 그럼… 모든 게 뒤바뀌겠죠. 내 말이 맞나요, 캐스퍼 씨?"

"그 말씀이 맞는 것 같군요, 여사님." 캐스퍼가 속삭이듯 말했다. "여사님은 현명한 어른이시네요."

"아니, 현명한 건 아니에요. 무지하지 않을 뿐이죠. 아무튼 캐스퍼 씨, 도와줘서 고마워요. 그럼 우린 이만 가봐야겠어요."

"그러세요, 여사님."

"잘들 있어요."

그는 우리를 그렇게 보내주지 않을 수도 있었다. 부둣가 주변에 수십 명의 찔찔이들이 있어서 우리를 손쉽게 막을 수도 있었다. 하지만 그는 우리가 떠날 수 있게 해줬다. 그리고 곧 우리는 안전할 정도로 섬과 멀어졌다. 우리 역시 그들을 야유하거나 조롱할 수도 있었다. 하지만 왠지 그렇게 하고 싶지 않았다.

드넓은 하늘로 들어서자 우리는 무지의 섬과 태양 사이로 축복이란 이름의 위성 섬이 들어가는 걸 봤고, 무지의 섬에는 땅거미가 드리워졌다. 그리고 깜깜한 어둠이 서서히 저택들과 마을을 집어삼키기 시작했다.

그런데 이상한 일이 벌어졌다. 빛이 나타난 것이다. 그 작게 깜빡거리는 빛은 처음에는 몇 개만 보이더니 점점 많아졌다. 마치 사람들이 성냥에 불을 붙이는 것 같았다. 그리고 잠시 후 불빛들이 한곳으로 모이더니 행진을 하는 것처럼 움직였다. 그 불빛들은 마을을 관통해서 언덕을 올라갔다.

멀리서 사람들이 외치는 소리가 들렸다. 하지만 너무 멀어서 비가 호수에 떨어지는 소리처럼 희미했다. 그리고 작았던 불씨가 바람을 타고 커지더니 순식간에 언덕이 불에 휩싸였다.

우리는 타들어가는 저택들을 잠자코 바라봤다.

"무지가 행복 맞아요?"

"지식은 힘이란다, 젬마. 지식은 힘이야."

할머니가 나와 마틴 사이에 서서 양팔을 둘렀다. 우리는 가만히 서서 집들이 타들어가는 걸 지켜봤다. 도움을 요청하는 소리가 아득하게 들렸다. 하지만 우리가 도울 길은 없었다.

8

스카이핀과 소년병

다시 시작된 마틴의 이야기

무지의 섬을 떠나온 지 하루나 이틀쯤 되었을 때였다. 이번에도 내가 망을 보고 있었다.

망을 보는 일은 대체로 지루하다. 하지만 폐기 할머니 말에 따르면 꼭 필요한 일이다. 통행료 거인이 바로 그 증거다.(나는 '할머니 말에 따르면'이란 말을 굉장히 자주 한다. 내가 아는 거의 대부분의 것들이 할머니 말에서 나온 것이기 때문이다.)

지루한 망보기에도 가끔은 흥미로운 순간들이 있긴 하다. 왜냐하면 무엇과 마주치게 될지 모르기 때문이다. 하늘고래를 쫓는 포경선, 하늘해파리, 하늘조류 같은 것들을 만나기도 하고 때로는 엄청난 날벌레 떼를 볼 수도 있다. 이 날벌레 떼는 실제로 보지 않으면 믿기지 않을 정도다.

날벌레 떼는 폭풍우처럼 하늘을 가로지른다. 만일 날벌레 떼를 피하지 못한다면 엄청난 고통을 겪게 될 것이다. 날벌레들은 눈, 폐, 목, 옷 속, 음식 그리고 틈이란 틈은 다 파고들어간다. 벤 할아버지의 술도 이 날벌레 떼는 쫓지 못할 것이다. 최상위 포식자인 하늘상어조차 날벌레 떼를 만나면 순식간에 앙상한 뼈로 변해버리고 만다. 실제로 그런지는 안 봐서 모르겠지만 아무튼 벤 할아버지는 그렇게 말했다.

나는 망원경을 눈에 대고 여기저기 둘러봤다. 보이는 거라곤 파란 하늘과 약간의 구름 그리고 저 멀리 점처럼 흩뿌려진 섬들뿐이었다.

할머니와 누나는 갑판 위에 대자로 누워 있었다. 둘 다 안대로 눈을 가린 채 코를 골고 있었다. 내가 자다 일어나면 할머니와 누나는 나한테 이렇게 말하곤 한다. "마틴, 너 또 코 골더라." 아니면 "잠꼬대하더라." 아니면 "마틴, 너 아까 졸 때 어땠는지 알아?" 마치 자기들은 숙녀처럼 우아하게 잔다는 듯이 말이다.

하지만 잠을 잘 때는 나랑 크게 다를 게 없다. 내가 할머니와 누나도 어마어마하게 코를 곤다고 말해주면 두 사람은 내 말을 믿지 않고 그저 내가 질투해서 만들어낸 말이라고 생각한다. 여자애들은 꼭 이런다. 엄청나게 코를 골면서도 절대 아닌 척한다.(할머니가 여자애라는 건 아니지만, 할머니도 한때는 여자애였으니까.) 할머니는 메트로 아일랜드에 가면 달라질 거라고, 메트로 아일랜드의 여자애들은 누나 같지 않을 거라고 말하지만 글쎄, 과연 그럴까? 여자애들은 증거가 잡히기 전까지는 뚝 잡아뗀다. 만약 메트로 아일랜드의 여자애들이 자기는 한 번도 코를 곤 적이 없다고 말하면 나는 그 애들을 믿지 않을 것이다. 이미 그렇지 않다는 걸 경험했기 때문이다.

나는 물을 마시고 다시 망원경을 눈에 갖다 댔다. 주변에 하늘고기와 하늘해파리 같은 것들이 조금 보일 뿐, 아까와 별다를 게 없었다. 망원경을 올려서 위를 보니 저 멀리 뭔가가 보였다. 아직은 작게 보였지만 그 뭔가는 분명 움직이고 있었다. 그것도 우리 쪽으로.

나는 망원경 초점을 좀 더 맞춰서 그것을 주시하며 누나를 발로 찌르고 할머니 팔을 흔들었다.

"뭔가가 오고 있어요. 웃기게 생긴 거예요."

웃기게 생겼다는 말은 정말이었다. 뭔가 이상했다. 잘못된 형체 같았다. 하늘고기 같지는 않았다. 나는 우리가 사는 구역에서 볼 수 있는 모든 종류의 하늘고기 생김새를 알고 있기 때문이다.

누나가 기지개를 켜며 일어났고, 할머니도 누나를 따라 기지개를 켰다.

"어디 보자."

나는 망원경을 할머니한테 건넸다.

"스카이핀 같구나. 그런데 다른 것도…."

할머니가 망원경에 눈을 더 가까이 대고 들여다본 뒤 누나한테 망원경을 넘겼다.

"뭔 거 같니?"

"누가 탔어요."

그렇게 답하고 누나가 나한테 망원경을 돌려줬다.

"뭐라고?"

다시 망원경으로 보니 누나의 말이 맞았다. 스카이핀 등에 누군가가 타고 있었다. 스카이핀의 등에는 안장과 고삐가 장착되어 있었다. 누군가가 스카이핀을 이동 수단으로 삼아 하늘을 빠르게 질주하는 것이었다.

"스카이핀이 사람한테 다정하긴 해도 저렇게 길들일 수 있는지는 몰랐어요."

"인내심과 결단력만 있으면 가능하단다. 속삭이는 것만으로도 길들일 수 있지. 재주가 있다면 말이야."

"속삭인다고요?"

"듣기 좋은 달콤한 말로 구슬리는 거야. 하지만 고도의 요령이 필요해. 구름사냥꾼들처럼."

"그럼 저 위에 올라탄 사람은 구름사냥꾼이에요?"

"만약 그렇다면 저 사람은 길을 잃고 동료들한테서 떨어진 게 아닐까 싶구나. 구름사냥꾼들은 보통 혼자 다니지 않거든."

스카이핀과 그 위에 탄 사람은 50도 방향에서 우리 앞을 가로질러 가고 있었다. 그러다 뒤늦게 우리를 봤는지 갑자기 고삐를 당겨 스카이핀의 방향을 돌렸다. 그리고 우리 쪽으로 달려왔다.

"말동무가 필요한 모양이군." 할머니가 다시 망원경을 들었다.

"설마…." 할머니가 망원경을 눈에 바짝 붙이더니 순간 경직되었다. "젬마, 선실로 내려가서 내 칼을 가져오렴."

누나는 할머니한테 아무 말도 하지 않았다. 나도 마찬가지였다. 하지만 겁이 났다. 할머니는 왜 저 사람을 보고 칼이 필요하다고 생각했을까?

"우리가 경로를 바꾸면 안 돼요?"

누나가 칼을 들고 돌아와서 물었다.

할머니가 칼을 허리띠에 찼다.

"소용없을 거야. 스카이핀은 빨라서 우리를 쉽게 앞지를 수 있거든. 저 사람이 원하는 게 뭔지 보자꾸나. 별일 아닐 수도 있지. 일을 크게 만들 필요는 없잖니?"

할머니가 망원경을 내려놨다. 나는 즉시 망원경을 집어 들고 눈에 갖다 댔다. 이제야 스카이핀과 그 위에 타고 있는 사람이 선명하게 보였다. 그 남자는 누나보다 나이가 그렇게 많아 보이진 않았다. 그런데 표정이 멍한 게 약간 이상해 보였다. 마치 아무 생각이 없는 사람 같았다.

남자는 긴 머리가 시야를 가리지 않도록 머리에 두건을 두르고 있었다. 스카이핀이 열기포[햇빛에 지표면이 가열되어 대류에 의해 발생하는 공기덩어리:옮긴이]에 올라타자 남자의 머리카락이 뒤로 흩날렸다. 스카이핀이 열기가 일어 뿌옇게 보일 정도로 지느러미를 빠르게 움직였다. 나는 그때 그의 얼굴에 난 흉터를 볼 수 있었다. 눈가에서부터 입가까지 깊이 그어진 구름사냥꾼들의 전형적인 흉터 말이다. 그의 맨가슴에는 화살통이 둘러져 있었는데, 하늘상어 가죽으로 만들어진 그 화살통에는 날카로운 뼈로 만든 짧은 화살이 못해도 스무 개는 끼워져 있었다. 그리고 그의 등에는 석궁이 있었다.

우리와 가까워지자 남자가 손에서 고삐를 놓았다. 그리고 무릎과 발목을 스카이핀 옆구리에 붙인 채 뒤로 손을 뻗어 석궁을 꺼낸 뒤 화살을 끼웠다. 이어 두 번째 화살도 활에 끼워뒀다. 연달아 화살을 쏘기 위한 준비였다.

이쯤 되니 망원경이 더 이상 필요 없어졌다. 나는 스카이핀이 지느러미를 펄럭이며 달려오는 소리, 공기가 진동하는 소리까지 들을 수 있었다. 남자가 무릎에 힘을 주자 스카이핀이 우리 배 아래로 급하강했다가 좌현 쪽으로 다시 모습을 드러냈다. 그리고 갑판 위에서 급히 멈춰 섰다.

남자가 우리를 봤다. 가까이서 보니 그는 누나와 나이 차이가 별로 나지 않을 것 같았다. 어쩌면 나하고도 별 차이가 없을 것 같았다.

남자가 할머니를 향해 석궁을 겨누며 물었다.

"누가 선장이죠?"

"내가 선장이네, 젊은 친구."

하지만 남자는 젊은 친구란 말을 무시했다.

"여기는 영공입니다."

"그럴 리가. 여긴 공공, 즉 모두의 하늘이네."

"이 구역은 해방계몽군 소유입니다."

"젠장, 그렇지 않다니까. 여기 지도를 보면…."

할머니가 지도를 잡으려 하자, 남자가 석궁을 정조준했다.

"지도에 뭐라고 나와 있는지는 중요하지 않습니다. 그건 오래된 지도입니다. 이 영공은 해방계몽군의 소유이며, 여러분은 여기 있을 권리가 없습니다."

"우리에겐 모든 권리가…."

"얘기는 제가 합니다, 할머니."

할머니가 남자를 쳐다봤지만 더 이상 말은 하지 않았다. 그의 태도가 영 마음에 들지 않는 게 확실했다.

"어서 배를 돌려 제가 가리키는 곳으로 이동해야 합니다."

"내가? 퍽이나."

남자가 석궁을 들었다.

"이걸 사용하길 바라세요? 제가 못 쏠 것 같아요?"

할머니가 남자를 쳐다봤다. 나는 그가 활을 쏘면 어쩌나 싶어 가슴이 두근두근했다.

"좋네. 하지만 자네는 지금 오해를 하고 있어. 어디로 가면 되지?"

"저쪽으로 직진하세요. 방향은 가면서 알려드리겠습니다. 혹시라도 방향을 바꾸거나 하면…."

자기가 한 말이 무슨 뜻인지 보여주려는 듯 남자가 활을 쐈다. 화살은 배의 돛대로 날아가 꽂혔다.

"아시겠습니까?"

"알겠네. 그럼 우리가 가는 곳은 어디고 왜 가야 하는 건가?"

"부대가 있는 곳으로 갈 겁니다." 남자애가 말했다. 사실 그는 젊은이라고 보기도 무리일 만큼 정말 어려 보였다. "거기 가서 여러분이 누구의 스파이인지 밝혀낼 겁니다."

"스파이라니?"

"망원경이 있는 거 압니다."

"모든 배에는 망원경이 있다네. 누가 망원경 하나 없이 길을 나서나?"

"적과 공모를 했을지도 모르니까요."

"무슨 적? 우린 네가 치르는 전쟁에 대해 아는 게 없단다, 얘야. 우린 그저 메트로 아일랜드로…."

"애라고 하지 마세요. 아시겠습니까?"

"그래, 진정해. 배를 돌리지."

할머니가 방향타를 잡고 배를 서서히 돌렸다.

"위로 10도, 우현으로 30도 자동 설정하세요."

"분부대로 하지."

"태양전지판을 모두 켜고 돛은 지금처럼 놔두세요."

"여부가 있겠습니까."

"하라는 대로 하세요." 남자애가 경고의 뜻으로 활을 흔들었다. "잔말 마시고."

우리는 조용히 남자애가 알려준 길을 따라 항해했다. 남자애는 스카이핀을 타고 몇 미터 떨어져서 우리를 따라왔다. 그의 활은 할머니의 목을 향해 겨눠져 있었다.

나는 누나가 고개를 천천히 돌려 남자애를 흘끔흘끔 훔쳐보는 걸 곁눈으로 봤다. 그럴 때마다 남자애는 고개를 앞으로 돌리라고 소리쳤다. 하지만 누나는 다시 고개를 돌리곤 했는데, 나는 남자애도 누나를 보고 있다는 느낌을 받았다. 저 남자애는 할머니나 나, 심지어 자기를 충직하게 태우고 있는 스카이핀보다도 누나한테 더 관심이 많은 듯했다.

저 애는 우리가 고아가 되고 폐기 할머니와 살게 된 이후 8년 만에 처음으로 젬마 누나가 본 남자애였다. 우리에겐 우리밖에 없었다. 우리 셋과 벤 할아버지가 전부였다. 이 세상에 내 또래의 누군가가 존재한다는 걸 알게 된 건 조금 낯선 일이었다. 게다가 꿈조차 꿔본 적 없던 다른 세상이 있다는 사실도 말이다.

9

해방계몽군

계속되는 마틴의 이야기

"물 좀 줄까?"

할머니가 물을 컵 가득 채워 난간 위에 올려놨다. 그러자 남자
애가 휙 내려와서 물을 마시더니 빈 잔을 다시 제자리에 놔뒀다.
고개를 끄덕였지만 고맙다는 말은 하지 않았다. 여전히 활은 할
머니를 향하고 있었다.

우리는 항해를 계속했다. 30분 정도 가니 옹기종기 모여 있는
섬들이 보였다. 섬들은 대부분 작았다. 그중에는 바위보다 조금
큰 섬도 있었다.

"다 왔습니다. 태양전지판을 닫으세요." 남자애가 말했다.

할머니가 전지판을 닫자 배가 느려지다가 곧 멈춰 섰다.

"부대에서 명령이 내려올 때까지 기다려야 합니다."

하지만 부대라는 게 영 보이질 않았다. 망원경으로 봐도 주변 섬들에는 아무도 보이지 않았다. 다만, 가장 큰 섬에 웅크리고 있는 듯한 시꺼먼 형체들이 보였다. 그 수는 아주 많았다. 그것들은 덤빌 준비를 하고 있는 포식자처럼 위협적으로 보였다.

"배를 묶으세요." 남자애가 말했다.

우리는 부두에 배를 댔다. 기둥에는 너덜너덜하고 빛바랜 깃발이 펄럭이고 있었다. 깃발에는 녹색 바탕에 빨간색 주먹과 함께 '자유를 위해 싸우는 해방계몽군'이란 글자가 박혀 있었다.

하지만 할머니는 그걸 보자 콧방귀를 뀌면서 이렇게 말했다. "흥, 누군 안 그래?" 할머니의 말은 사람들은 누구나 자기가 자유를 위해 싸운다고 말한다는 뜻이었다.

"동지들한테 보고해야 합니다."

남자애가 부두로 내려와 스카이핀이 날아가지 않도록 밧줄로 묶었다. 스카이핀은 상냥하지만 자유를 포기할 만큼 상냥하지는 않다. 도망칠 기회가 주어진다면 언제든 도망칠 것이다.

"이쪽입니다. 앞장서세요."

남자애가 활을 흔들었고, 우리는 그가 가는 곳으로 따라갔다.

"거기 멈추세요."

'거기'는 부두 아래의 절벽 앞이었다. 통행료 거인의 섬에서 본 것보다 더 끔찍했다. 그곳에는 누군가를 기리는 돌무덤이 세 개뿐이었지만, 여기에는 백 개, 아니 그 이상의 무덤들이 있었다.

"이제 여러분을 어떻게 할지 동지들한테 물을 겁니다."

남자애가 바위에 앉은 뒤 우리한테 활을 흔들어 보이며 그대로 이 자리에 있으라고 지시했다.

나는 이 상황을 이해할 수 없었다. 누나를 보니 얼굴이 창백하고 슬퍼 보였다. 누나는 활을 들고 있는 남자애를 마치 동정하듯이 쳐다보고 있었다.

할머니의 시선이 남자애한테서 돌무덤들과 그 뒤에 펼쳐진 배경으로 옮겨졌다.

"아이고, 이럴 수가."

할머니가 갑자기 어린 군인 옆에 있는 바위에 앉았다.

"아이고."

이렇게 말하는 할머니를 남자애가 조용히 바라봤다. 거드름 피우던 허세는 온데간데없고 활과 화살도 모두 잊은 듯했다. 남자애의 눈에는 어느새 눈물이 가득 찼다.

"다 죽었어요. 모두 다." 남자애가 말했다.

시원한 바람이 부둣가의 기둥에 걸린 너덜너덜한 깃발을 흔들었다. 깃발 펄럭이는 소리 말고는 아무 소리도 들리지 않았다.

"이름이 어떻게 되니?" 할머니가 물었다.

"알랭. 알랭 칼라. 대령. 군번 5762."

"아이고, 이 나이가 됐으니 나도 웬만한 건 다 본 줄 알았는데 그게 아니었구나. 아이고."

"다 죽었어요. 해방계몽군의 소년병들 중에서 저 혼자만 남았어요."

남자애가 이야기하는 동안, 할머니는 그 애가 마치 세상이 인간에게 저지를 수 있는 가장 끔찍한 만행의 결과물인 것처럼 쳐다봤다. 누나는 언젠가 뒷마당에 떨어져 죽은 하늘오징어 이후 이렇게까지 흥미로운 대상은 처음이라는 듯 그 애를 바라봤다. 하지만 그 순간 내 머릿속에는 좋은 말로 부탁하면 저 애가 과연 활을 쏴볼 수 있도록 허락해줄까 하는 생각밖에 없었다. 왜냐하면 저 활은 꽤나 멋졌고, 나도 활을 쏴보고 싶었기 때문이다.

"알랭, 무슨 일이 있었던 건지 자세히 말해보렴."

알랭이 군인으로서 전쟁 포로와의 이런 친근함을 허락해도 될지 고민하는 듯한 눈빛으로 할머니를 쳐다봤다. 좀 전까지 그 애의 눈에 우리는 분명 전쟁 포로였다. 하지만 망설임은 곧 장벽이 부서지듯 무너졌다.

"우린 구름사냥꾼이었어요. 우리 가족 말이에요. 제가 막 성년식을 마치고…." 알랭이 얼굴의 상처에 손을 갖다 댔다. "증인들도 있었어요. 구름사냥꾼의 성년식에 대해 아세요?"

"알고 있단다."

할머니가 고개를 끄덕였다.

"제 성년식은 한두 주기쯤 전이었는데, 잘은 모르겠어요. 하지만 그날은 선명하게 기억나요… 그럴 수밖에요. 그때 우린 항해 중에 다른 구름사냥선을 만나게 됐어요. 아빠가 손을 흔들어 그들을 불렀고, 제 성년식의 증인이 되어달라고 부탁했죠. 그들은 영광이라며 그러겠다고 했고요."

"그럼 그전에는 얼굴에 흉터가 없었니?"

"없었어요. 아직 성년식을 할 나이가 되지 않았으니까요. 아무튼 우리가 만난 그 배엔 네 명의 구름사냥꾼이 있었어요. 아저씨 한 명과 아주머니 한 명, 그리고 아주머니의 딸이었어요. 그런데 육지 거주자인 남자애도 한 명 더 있었어요. 그 애는 흉터가 없었어요. 한 번도 본 적 없는 모습이었죠. 원래 구름사냥꾼은 구름사냥꾼끼리만 뭉치잖아요. 그 애가 저를 쳐다보던 게 기억나요. 아빠가 칼을 불에 달구고 벌겋게 달아오른 칼끝으로 제 얼굴에 상처 낼 때 말이에요."

"아프진 않았어?"

나는 물어보지 않을 수 없었다.

"쉿!"

"마틴!"

하지만 알랭은 내 질문에 개의치 않았다.

"아니, 별로. 그땐 안 아팠어. 그 뒤라면 몰라도. 신경을 마비시키는 약을 마시거든."

"그럼 나도 그런 흉터를 가질 수 있을 것 같아."

내가 그렇게 말하자, 할머니는 얼굴을 찡그렸고 누나는 조용히 하라고 했다.

"계속 말해. 껴들어서 미안."

"의식이 끝난 후 각자 갈 길을 갔어요. 우린 금단의 제도 방향으로 갔죠. 우리 배의 수색꾼이 그쪽에 구름이 많이 생길 거라고 했거든요. 다른 배는 반대자들의 제도로 향했고요."

그러고 나서 알랭은 한동안 말이 없었다. 나는 재촉하고 싶었지만 할머니가 나를 말없이 노려봤다.

"어쨌든… 우린 며칠을 항해했고, 그사이 제 얼굴의 흉터는 아물었어요. 그러다 멀리서 구름이 생기는 걸 봤고 그 구름을 향해 계속 갔어요. 하지만 그때 우리 말고 또 다른 누군가가 있다는 걸 알게 됐어요. 여섯 척의 배가 우리를 향해 무서운 속도로 달려오고 있었죠. 그들의 배는 태양광 엔진, 돛, 그리고 측면에서 노를 젓는 사람들까지 모두 갖춰져 있었어요.

'야만용이야!' 아빠가 그렇게 외쳤고, 우린 급히 배를 돌려 도망치려 했어요. 하지만 수색꾼은 소용없는 짓이라고 했어요. 그들의 배에 비하면 우리 배는 달팽이 수준이었거든요.

그들이 가까워질수록 야만용이 아니라는 게 분명해졌어요. 그들은 굉장히 똑똑하고 잘 훈련되어 있었죠. 야만용들은 오합지졸이라 자기들끼리 싸우는 경향이 있거든요. 그들은 바로 군인들이었어요. 하지만 일반 군인이 아니었어요. 전부 소년병들이었죠. 가장 키가 큰 지휘관이 제일 나이 많은 소년병이었어요.

'멈추지 않으면 폭파시키겠다!'

그들이 우리한테 소리쳤어요. 그래서 우린 돛을 닫고 가만히 떠 있기만 했어요. 저들이 뭘 원하는지 기다리기로 했죠.

지휘선에 타고 있던 나이 많은 지휘관이 우리 배를 향해 쇠갈고리를 던져서 거리를 좁혔어요.

'원하는 게 뭔가요, 신사 숙녀 여러분?' 아빠가 침착하고 예의 있게 물었어요. 소년병들 중 적어도 절반은 여자애들이었거든요.

'우린 전쟁을 치르는 중이고 신병을 모집 중입니다.' 지휘관이 말했어요.

'누가 전쟁을 치르고 있는 거죠?'

'우린 해방계몽군입니다.'

'들어본 적 없는데.'

'지금 말해주잖아요.'

'누구하고 전쟁을 치르는 건데요?'

'압제자들요.'

'그 말도 처음 들어보네요.'

'그럼 오늘 하나 더 배우셨군요.'

'여러분의 전쟁은 우리의 전쟁이 아닙니다. 그게 무엇이든 말이죠.'

'아니요, 이젠 여러분의 전쟁이 됐어요. 그게 바로 전쟁이죠. 여러분은 편을 선택해야 합니다.'

'우린 구름사냥꾼입니다. 구름사냥꾼들은 전쟁에….'

'저 남자애를 데려가겠습니다.' 지휘관이 그렇게 말하고 제 여동생을 쳐다봤어요. '여자애는 너무 어리군요. 그 애는 놔두겠어요.'

그날 있었던 모든 일을 구구절절 이야기할 순 없지만, 그다음에 어떻게 됐는지는 여러분도 상상하실 수 있을 거예요. 아빠의 분노, 엄마의 슬픔, 여동생의 울음이 뒤따랐고, 우리 배 수색꾼은 칼을 꺼내려다 하마터면 목숨을 잃을 뻔했어요. 하지만 달리 어떻게 할 방법이 없었죠. 제가 가지 않으면 그들이 우리를 모두 죽일 테니까요. 그래서 저는 가족을 남겨두고 그들과 가야 했고, 해방계몽군의 일원이 됐죠."

"와우, 멋지다! 그럼 총 쏘고 사람 죽이는 법도 배운 거야?"

할머니와 누나가 또 눈총을 줬다. 하지만 알랭한테 받은 눈길은 두 사람한테 받은 것과는 달랐다. 할머니와 누나의 눈빛이 분노와 짜증이라면, 알랭의 눈빛은 호의와 공감이었다. 한편으로는 왠지 모를 슬픔도 어려 있는 듯했다.

"넌 이름이 뭐야?" 알랭이 물었다.

"마틴."

"너, 군인이 되고 싶구나?"

"맞아. 모험을 할 수 있잖아. 너, 혹시 누군가를 쏜 적도 있어?"

알랭은 즉시 대답하지 않았다. 사실 나도 대답을 듣게 될 거라곤 기대하지 않았다. 하지만 알랭은 잠시 뜸을 들였다가 대답했다. 모호하긴 했지만 말이다.

"우리가 지금 있는 이 섬이 막사가 있던 곳이야." 알랭이 말을 이어갔다. "이 섬엔 막사와 훈련장이 있었어. 우리의 영혼을 파괴했다가 개조시키는 곳이지. 그리고 긴 악몽에서 깨어나면 군인으로 변한 자신을 마주하게 돼."

"와우~"

나는 절로 탄성이 나왔다.

"해방계몽군은 금단의 제도에 있는 세력 중 하나예요. 그들의 적은 군사정부예요. 해방계몽군은 저한테 정치에 대해 설명했지만 저는 하나도 이해할 수가 없었어요. 제가 알아들은 거라곤 우린 옳고 저들은 틀리다는 것뿐이었어요. 그리고 신은 우리 편에 있다고 했지만 그들은…."

"당연히 그들은 그렇게 믿었겠지."

알랭이 할머니를 쳐다봤다.

"모르겠어요. 한 번도 그렇게 생각해본 적은 없어요."

"어째서 도망치려고 하지 않았던 거야?" 누나가 물었다.

알랭이 눈을 돌리자, 누나는 서로 눈이 마주치기 전에 시선을 피했다.

"그들은 우리를 언덕으로 데리고 갔어. 그곳엔 그들이 붙잡은 포로들이 있었지. 그들은 우리 손에 활을 쥐여주며 이렇게 말했어. '이제 너희는 우리와 한 몸이다. 우린 너희의 가족이고 친구다. 더 이상 너희에게 다른 가족이란 없고, 우린 너희를 보살펴줄 것이다. 우리가 너희에게 바라는 보상은 충성뿐이니, 너희는 그 충성심을 우리에게 보여주면 된다. 자, 이제 너희는 저 포로들을 겨냥해서 활을 당기기만 하면 된다.'"

나는 갑자기 속이 메스꺼워졌다. 알랭의 이야기를 듣고 나니 더 이상 군인이 되고 싶지 않았다. 군인이 하는 일이란 마냥 즐겁게 모험을 하는 것이라고만 생각했는데….

"그 포로들을 향해 활을 쏘지 않으면 그들이 우리한테 활을 겨

넜어… 그래서… 어쩔 수 없이 선택할 수밖에 없었던 거야. 이 정도면 네 질문에 대한 답이 될까?"

할머니가 알랭을 쳐다봤다. 할머니는 우주만큼, 시간만큼 나이가 많아 보였고 한없이 슬퍼 보였다. 마치 지금쯤은 치료가 됐어야 하지만 그렇지 못한 끔찍한 질병을 보기라도 한 듯이.

"그래서 선택할 수밖에 없었어…." 알랭이 반복해서 말했다. "그게 우리한테 주어진 유일한 선택지였어."

우리 중 누구도 어떤 말도 할 수 없었다. 저 아이의 상처는 가려지지도, 아물지도 않은 상태였다. 마치 꿰맬 수도 없을 만큼 커다란 구멍이 이 세상 한가운데에 나 있는 것만 같았다.

"여기선 무슨 일이 있었던 거니?" 할머니가 물었다.

"대령이에요!"

알랭이 돌연 완강한 군인의 모습으로 돌아갔고, 우리는 다시 다른 섬에서 온 이방인이 되었다.

"나는 대령입니다. 생존한 군인에겐 더 높은 계급이 부여됩니다!"

"미안하네." 할머니가 말했다. "대령."

알랭이 분노로 번뜩이는 눈빛을 하고서 할머니를 노려봤다. 그러다 이내 그 번뜩임이 사라지고 알랭은 다시 소년이 되었다. 그저 구름사냥꾼의 흉터를 가진 내 또래의 소년으로 말이다.

"아니야, 괜찮아… 알랭, 괜찮아… 괜찮단다."

나는 돌무덤들을 쳐다봤다. 그 수는 다 셀 수가 없을 정도였다. 할머니는 내 산수 실력이 꽝이라며 메트로 아일랜드에 가면 나아질 거라고 말했다. 하지만 나는 할머니 말처럼 교육만으로 그렇게나 많은 것들을 고칠 수 있을지 궁금했다. 이 세상에는 교육이나 사랑 같은 걸로도 결코 고칠 수 없는, 절대 치유되지 않을 상처란 것도 있을 수 있겠다는 생각이 들었다.

"저는 저기 저 스카이핀을 타고 정찰을 하라는 임무를 받았어요. 그래서 한나절 동안 나가 있었죠. 정찰을 마치고 돌아오니 안개치곤 너무 어두운 구름들이 보였어요. 그리고 불빛이 났어요. 전투가 있었다는 건 알았지만 이렇게까지 될 줄은 상상도… 소년병들은 대부분 저 같은 아이들이었어요. 강제로 끌려오거나 유괴된 아이들이었죠. 이건 우리의 전쟁이 아니었어요. 우린 그저 저들의 전쟁을 위해 동원된 것뿐이에요. 하지만 제가 돌아왔을 때… 살아남은 사람은 단 한 명도 없었어요. 저는 혼자서 저 아이들 모두의 장례를 치러줬죠. 그리고 묘비를 만들어줬죠. 저 아이들이 기억될 수 있도록… 만약 누군가 찾아오면… 저 아이들의 부모가 마침내 찾아오면… 자기 아이를 알 수 있도록…."

"그게 얼마나 된 일이니?"

"한참 됐어요. 저는 뭘 해야 할지 몰랐어요… 가족을 어떻게 찾아야 할지도 막막했고… 그래서 군인인 채로 살았던 거예요."

"내 생각엔 네가 우리랑 같이 가는 게 좋을 것 같구나."

순간 알랭이 다시 분노에 휩싸였다.

"난 이곳의 지휘관입니다. 명령은 내가 합니다."

"이건 초대네, 대령. 명령이 아니야."

할머니의 말에 알랭이 의기소침해지더니 혼란스러워했다.

"모르겠어요…."

"우린 메트로 아일랜드로 가는 중이야." 내가 끼어들었다. "똑똑해지기 위해서지. 너도 같이 가지 않을래? 그럼 내가 네 활도 갖고 놀아볼 수 있을 텐데."

"마틴!"

"젬마 누나도 네가 우리랑 같이 가길 원할 거야. 표정을 보면 너도 알 수…."

"마틴! 입 좀 다물어!"

하지만 내 말은 사실이었다. 누나는 분명 알랭이 함께 가길 원하고 있었다. 그렇지 않고서야 저렇게 얼굴이 붉어질 리 없었다.

알랭이 돌아서서 군홧발로 바닥을 찼다. 그런 뒤 우리한테 몸을 돌렸다.

"안 될 것 같아요. 저는 구름사냥꾼이에요. 메트로 아일랜드에선 구름사냥꾼을 반기지 않을 거예요. 다른 섬들도 마찬가지일 거고요."

"지금 정부는 교육받은 똑똑한 사람들을 간절히 원하고 있단다. 누구든 원하는 사람한테 무상교육을 제공하고 있지. 그리고 뇌가 있는 사람이라면 네 얼굴에 난 흉터를 왜 신경 쓰겠니? 중요한 건 네 머릿속에 무엇이 들었느냐야. 게다가 넌 여기서 마음 편히 지낼 수도 없잖니. 안 그래?"

알랭이 무덤들이 있는 쪽으로 걸어갔다. 거기서 떨어진 돌들을 주워 제자리에 올려놓았다. 저 무덤들은 주기가 수천 번 지날 때까지도 저 자리에 있을 것이다. 빗물에 침식되고 바람과 시간에 의해 먼지로 부서지기까지 아주 긴 시간이 걸릴 것이다.

"다시 네 가족을 찾을 수 있을지도 몰라. 언젠가는 말이야. 교육을 받으면 뭔가를 찾는 방법과 찾을 곳을 알 수 있거든. 너도 무엇이든 다 할 수 있어."

"저 스카이핀은 어떻게 해요?"

"풀어줘야지. 아니면 저 녀석을 데리고 가든가."

"녀석 아니에요."

"그래, 저 스카이핀을 데리고 가든가."

"데리고 가도 돼요?"

"물론이지."

"다들 이름이 어떻게 돼요?"

"난 페기고 이 애들은 젬마, 마틴이란다."

"죄송해요. 제가 만약…."

"괜찮단다."

"가서… 인사하고 올게요."

"부둣가에서 기다리고 있으마."

우리는 알랭을 기다리며 무덤 하나하나마다 작별 인사를 하는 알랭의 모습을 지켜봤다.

"마틴, 알랭한테 활 좀 쏴봐도 되냐고 그만 물어봐!"

"그냥 물어본 거야. 그리고 그게 누나랑 무슨 상관인데?"

"너 때문에 창피하잖아!"

"나 때문에 창피하다고? 아닌 것 같은데? 배에 거울이 없어서 참 안타깝네. 거울이 있으면 누나가 정말로 누구 때문에 창피한지 알 수 있을 텐데."

"그만들 해라."

"그게…."

할머니가 한숨을 쉬었다. 참을 만큼 참았다는 표시였다.

우리는 싸움을 멈췄다. 하지만 나는 내가 왜 활을 쏴봐서는 안 되는지 도무지 이해할 수가 없었다.

알랭이 다시 부둣가로 왔다. 그리고 가방에 짐을 모두 챙긴 뒤 스카이핀을 묶어놓은 줄을 풀어서 배의 난간에 묶었다.

"스카이핀은 우리랑 함께 날아갈 거예요." 알랭이 말했다.

알랭의 말대로 스카이핀은 우리와 함께 날아갔다. 무덤들을 뒤로한 채 우리는 다시 길을 나섰고, 이제 셋이 아닌 넷이 되었다. 우리는 모두 메트로 아일랜드에 가서 새로이 공부를 시작할 것이다. 그 공부로 인해 우리에게 엄청난 변화가 생길 거라고 우리 중 나이가 가장 많은 사람이 말했다. 우리의 삶이 완전히 더 나은 방향으로 바뀌게 될 거라고.

하지만 나는 여전히 활을 쏴보고 싶었다.

10

새 탑승객

다시 젬마의 이야기

유치하기 짝이 없는 사람이 아닌, 또래의 다른 누군가가 이 배에 한 명 더 있다는 건 좋은 일이다.

아니, 마틴도 괜찮기는 하다. 어느 정도는. 하지만 그 녀석은 참기 힘들 정도로 멍청한 질문과 잘난 척이 섞인 말대꾸를 자꾸 해댄다. 남동생이라고 다 멍청한 건 아니지만 내 동생은 진짜진짜 멍청한 편이다.

저 남자애는 처음에는 말이 별로 없었다. 그냥 갑판에 앉아서 끝도 없이 펼쳐진 허공을 쳐다볼 뿐이었다. 저 애가 그저 혼자 있고 싶은 것인지, 아니면 자기가 겪은 모든 일을 털어놓을 수 있도록 우리가 먼저 질문해주길 바라는 것인지 알 수가 없었다.

나는 마틴한테 더 이상 활 문제로 저 애를 괴롭히지 말라고 말했다. 하지만 알랭은 아무렇지 않은 듯했다. 알랭은 마틴한테 활을 사용하는 법을 알려줬고, 둘은 갑판 끝 멀리 과녁을 그려서 활을 쐈다. 마틴은 과녁을 명중시키는 데 성공한 뒤 기고만장했다. 그래서 나도 쏴볼 수 있냐고 물었고, 나 역시 명중시켰다. 그러자 마틴은 실망했다. 활쏘기도 그렇게 어려운 건 아닌가 보다.

할머니는 알랭을 혼자 놔뒀다. 시간이 모든 상처를 치료해준다는 할머니의 원칙 때문일 것이다. 어쩌면 할머니가 맞을지 모른다. 하지만 빠른 시간 내에 해결되는 건 아니다. 다 아물 때까지 몇 년의 시간이 걸릴 수도 있다. 우리 남매가 부모님을 잃은 지도 10년이 됐다. 하지만 여전히 그 상처는 아물지 않았다. 어쩌면 시간은 가벼운 상처만을 치유해줄 수 있는 건지도 모른다.

나는 알랭의 부모님에게 어떤 일이 생겼는지 궁금했다. 혹시 군인들이 알랭을 납치한 후 다시 돌아가 그 가족을 몰살한 건 아닐까 하는 생각도 들었다. 하지만 차마 물어볼 수는 없었다. 만약 그런 일이 있었다면, 알랭도 나나 마틴처럼 고아가 된 것이다.

이런 이야기를 하자 할머니는 나를 빤히 보며 이렇게 말했다.

"그렇게 치면 우린 모두 고아란다."

이 말에 나는 깜짝 놀랐다. 한 번도 할머니가 고아라는 생각을 해본 적이 없었기 때문이다. 우리는 보통 나이가 든 사람은 고아라고 생각하지 않는다. 하지만 실제로 나이 든 사람의 대부분은 고아다. 백스무 살에도 부모님한테 생일 축하 카드를 받는 사람은 많지 않을 테니까.

알랭은 못생겼으면서도 잘생겼다. 이건 어떻게 보느냐에 달렸는데, 얼굴 흉터 때문에 무서워 보이면서도 또 그 흉터 때문에 남들과는 다르게 느껴진다. 어떨 때는 잘생겨 보이기도 한다. 골똘히 생각에 빠져 있을 때면 어린 나이에 너무도 많은 잘못된 일을 겪은 것 같아서 알랭이 안쓰럽게 느껴졌다. 그럴 때마다 그 애한테 가서 위로를 해주고 싶지만, 만일 그랬다가 알랭이 버럭 화를 내며 내 머리를 베어버리진 않을까 무섭기도 했다.

"저 녀석의 등에 타든지, 아니면 그냥 보내주는 게 어떻겠니? 저 모습 좀 보렴." 할머니가 알랭한테 말했다.

우리는 뒤에서 날아오고 있는 스카이핀을 쳐다봤다. 스카이핀은 처참해 보였고, 실제로도 꽤나 처참한 표정을 짓고 있었다. 하지만 스카이핀은 원래 처참한 표정을 짓는다.

난간에 묶인 스카이핀은 지느러미를 펄럭이며 배의 속도에 맞춰 따라오고 있었다. 저렇게 묶어둔 게 안쓰럽긴 했다.

"언제든 새로 길들일 수 있잖아."

알랭이 할머니를 쳐다봤다.

"말은 쉽죠."

"저렇게 끌고 다니는 건 잔인해 보이지 않니?"

"알겠어요."

알랭이 난간으로 가더니 스카이핀을 묶어둔 밧줄을 풀었다. 그런 뒤 마구와 고삐를 제거하고 병처럼 생긴 스카이핀의 코를 쓰다듬으며 말했다.

"자, 이제 가도 돼."

하지만 스카이핀은 냉큼 떠나지 않았다. 녀석은 새로이 얻은 자유에 당황한 듯 보였다. 마치 죄수가 감옥 문이 열린 걸 발견하고도 이대로 도망치는 게 맞는지, 혹시 속임수는 아닌지 고민하는 것처럼.

배가 스카이핀으로부터 서서히 멀어졌다. 스카이핀은 자기가 홀로 남겨졌음을 알고 우리를 따라잡기 위해 더 빨리 날았다. 그러다 문득 굳이 따라가지 않아도 된다는 걸 깨달은 듯 점점 뒤처졌다.

스카이핀이 갑자기 울부짖으며 하늘을 가로지르다가 한 바퀴 회전을 한 뒤 급하강했다. 그렇게 멀리 사라지기 전까지 다양한 묘기를 선보였다. 그게 우리가 본 마지막 모습이었다.

"뭐 좀 먹을까?"

할머니가 말은 꺼냈지만 요리는 하고 싶지 않은 것 같았다. 지난번 식사 당번은 마틴이었으니 이번에는 내 차례였다. 내가 조리실로 향하자 알랭이 따라왔다.

"내가 도와줄게."

나는 괜찮다고 말하려 했지만 마음을 바꿨다.

"그래, 그럼."

조리실이 둘이 있기에 비좁긴 하지만 말이다.

그런 내 모습을 보고 할머니가 미소를 지었다.

"마틴, 이제 활은 그만 갖고 놀아."

할머니의 말에 마틴은 마지못해 활을 내려놓았고, 할머니는 마틴이 더 이상 만지지 못하게 활을 치워버렸다.

조리실로 내려가서 요리하는 동안 아무 말이 없던 알랭이 갑자기 나한테 물었다.

"몇 살이야?"

나는 그 질문에 솔직히 대답해줬다.

알고 보니 우리는 동갑이었다. 의외였다. 알랭은 나보다 나이가 훨씬 많아 보였으니까. 하지만 알랭이 지금껏 겪어온 일들을 생각하면 그럴 수밖에 없었다. 가끔 우리는 빨리 어른이 되기도 한다.

기나긴 항해를 하다 보면 몸과 마음이 늘어지는 어중간한 순간들이 있기 마련이다. 시간도 흐르지 않고 거리도 줄지 않는 것 같은 그런 순간 말이다. 하지만 우리는 멈추지 않고 계속 나아간다. 태양조석[태양과 지구 사이의 상호작용에 의해 생기는 조석:옮긴이]에 밀려오는 것들 말고는 주변에 아무것도 없고, 오직 메마른 불모지 같은 섬들만 보인다. 열기 때문에 아지랑이가 어른거리고 하늘고기가 옆을 날아간다. 오늘인지 내일인지 모르겠다. 사실 뭐가 다른지도 알 길이 없다. 심지어 말하는 것조차 엄청난 노력을 필요로 하기 때문에 말수도 없어진다.

우리는 모두 햇볕을 피해 갑판 캐노피 아래에 앉았다. 할머니는 졸기 시작했고 마틴은 자꾸 내 신경을 건드렸다. 알랭은 아무 말이 없었다. 우리와 함께 있어도 늘 혼자였다. 알랭과 말을 하고 싶으면 우리가 먼저 말을 걸어야 했다.

시간이 흐르고 하루하루가 지났다. 우리는 중심 기류를 건넜다. 저 멀리 트롤선과 외곽 섬들을 돌면서 도시에 못 가는 사람들을 수술하고 치료해주는 병원선이 보였다. 그리고 떠다니는 거대한 호텔인 크루즈선도 보였다. 크루즈선의 갑판에는 어슬렁거리는 주름진 노인들이 많았다.

"할머니⋯."

"됐다." 마틴이 입을 떼자마자 할머니가 말했다. "아무도 나를 크루즈선에 태우진 못할 거야. 차라리 자살하고 말지."

그러고는 배의 방향을 틀었다.

"뒷길로 가야겠구나. 여긴 너무 복잡해."

할머니는 중심 기류를 싫어했다. 할머니의 말에 따르면 우리 배 같은 작은 배들은 어쩌다 포경선이나 공선[배 안에 수산물 가공 설비를 갖춘 어선:옮긴이]에 치여 산산조각 난다 해도 아무도 모를 거라고 했다.

"그런 배들에 비하면 우리 배는 날벌레나 다름없지. 배가 덜 다니는 길로 가야겠어."

그래서 우리는 그렇게 했다.

우리는 또 다른 상승 온난 기류를 만났고, 자그마한 낚시 섬들을 지나쳤다. 거기에는 고깃배가 부둣가에 묶여 있었고, 똥 싼 바지처럼 어망은 아래로 늘어져 있었다. 할머니의 말에 따르면 그곳 사람들은 겨우 먹고살 만큼 벌고 그 아이들도 마찬가지 운명이라고 한다. 아이들이 자라면 고기를 잡고, 그 아이들이 아이를 낳으면 그들 역시 커서 고기를 잡는 식이다.

이런 섬들은 때때로 보였다가 안 보였다가 했고, 얼마 가지 않아 우리는 작은 섬조차 없는 망망대해 같은 하늘 위에서 또다시 혼자가 되었다. 내가 막 졸려고 할 때 마틴이 일어나서 돛대에 걸려 있던 망원경을 들고 뭔가를 살폈다.

"할머니, 저게 뭐예요?" 마틴이 물었다.

나는 그게 무엇인지 보려고 난간으로 갔다. 망원경이 없어도 볼 수 있었다. 우리가 다가가고 있는 작은 섬의 기슭을 따라 허수아비 같은 것들이 서 있었다. 그것들은 마치 큰 십자가에 못 박혀 있는 것 같았다. 50여 개쯤 됐는데, 키는 못해도 3미터, 뻗어 있는 팔의 길이는 2미터쯤 되어 보였다. 마치 대학살이 있었던 것 같았지만 누가 누구를, 아니면 뭐가 뭐를 학살한 건지는 알 수가 없었다.

알랭이 팔을 뻗어 마틴한테 망원경을 달라고 했다.

"봐도 될까?"

"물론이지."

알랭이 망원경을 들여다본 뒤 할머니한테 넘겼다.

"가죽 벗기는 사람이네요, 그렇죠?"

"정확하네, 젊은 친구. 다 죽은 줄 알았는데 말이야. 몇 십 년

동안 한 명도 본 적이 없거든."

"뭐라고요? 가죽 벗기는 사람요? 그게 뭔데요?"

마틴이 이렇게 말하고 다시 망원경을 채 갔다. 하지만 이번에는 내가 볼 차례였다.

"좀 기다려, 마틴."

"도대체 가죽 벗기는 사람이 뭔데? 저기 십자가에 걸려 있는 것들은 또 뭐야?"

"저건 그냥 가죽들이야." 알랭이 말했다.

"아니, 무슨 가죽인데?"

"그게…" 알랭이 말해줘도 되는지 확인받으려는 듯 할머니를 쳐다봤다. "쥐 가죽이야."

"쥐라고? 하지만 저건 엄청 큰데."

"하늘쥐거든."

"와우! 저렇게 큰 줄은 몰랐어."

"원래는 더 커. 아무 데서나 볼 수 있는 건 아닌데 어떤 곳에선 하늘쥐를 역병처럼 취급해. 어부들이 특히 싫어하지. 하늘쥐가 어부들의 어망을 난도질하고 잡은 물고기를 약탈해 가거든. 정부가 하늘쥐 한 마리당 현상금을 걸 정도야. 그런데 하늘쥐의 가죽은 귀하게 여겨져. 저걸로 질 좋고 부드러운 가죽 제품을 만들거든. 상인들이 오면 저 가죽을 비싸게 팔 수 있어."

"와…."

배를 타고 지나가면서 본 광경은 우울하고 무시무시했다. 하늘쥐의 가죽들은 확 펼쳐진 채 못에 박혀 건조되고 있었다. 흥미롭긴 했지만 그곳에 멈추고 싶은 마음은 없었다.

그런데 우리 배가 섬과 평행을 이루며 지나갈 때, 한 남자가 하늘가 절벽으로 헐레벌떡 달려오더니 우리를 향해 손을 흔들며 소리쳤다. 하지만 우리는 그 남자가 뭐라고 하는지 들을 수 없었다.

"약간 정신 나간 사람 같은데요." 내가 말했다.

"쥐 가죽을 벗겨서 먹고사는 사람이 제정신이겠니?" 할머니가 말했다.

"그냥 지나칠까요?"

"하늘의 규칙을 따라야지."

할머니의 말은 곧 멈춰야 한다는 뜻이었다. 만약 누군가 도움을 요청하면 도와줘야 한다. 나 역시 언제 누군가에게 도움을 청할지 모르기 때문에. 그게 바로 하늘의 규칙이다. 이타심과 이기심이 반반씩 섞인 규칙 말이다.

남자가 우리를 향해 계속해서 손을 흔들며 소리쳤다. 우리가 그냥 지나쳐버릴까 봐 걱정하는 듯했다.

"자, 그럼 저 사람이 뭘 원하는지 한번 알아볼까?"

나는 고개를 끄덕였다. 마틴도 끄덕였다. 알랭은 머리를 살짝 기울였다. 그러더니 활을 가져와 화살을 시위에 메기고는 쏠 준비를 했다.

하늘쥐 사냥꾼

계속되는 젬마의 이야기

우리가 섬으로 다가가는 와중에도 남자는 계속 손을 흔들었다. 이제 그의 얼굴에는 환한 미소가 드리워져 있었다.

"어서 오세요. 환영합니다, 환영해요."

그 순간 고약한 냄새가 났다.

"이게 무슨 냄새지?"

"가죽 냄새야. 이 냄새를 없애려고 저렇게 널어놓은 거야. 냄새가 완전히 사라지는 데는 꽤 시간이 걸리거든."

"냄새가 꼭…."

"쥐 같다고?"

알랭이 놀랍게도 미소를 지어 보였다. 우리를 만난 후 알랭이 이렇게 미소를 지은 건 처음이었다.

"배를 대세요!" 남자가 소리쳤다.

우리가 줄을 던지자 남자가 줄을 묶었다. 우리는 배에서 내려 섬으로 들어갔다.

남자는 반쯤 미친 듯 보였다. 이 섬에서 나는 냄새만 하늘쥐 같은 게 아니라 남자의 생김새도 쥐처럼 생겼다. 남자는 설치류의 특징들을 갖고 있었는데, 콧수염도 보통 남자의 입술 위에 난 수염보다 하늘쥐의 수염과 더 비슷했다.

"우리한테 바라는 게 뭔가, 친구?" 할머니가 남자한테 물었다. "필요한 게 있나? 무슨 문제라도?"

"있어요, 있어. 치즈가 필요해요. 치즈 좀 있나요?"

저 사람은 반쯤 미친 게 아니었다. 완전히 미친 거였다.

"치즈? 진심인가?"

"진심으로 치즈가 필요해요. 치즈 있나요? 돈 드릴 테니 가격만 말해요."

"치즈라면 8년 넘게 구경도 못했네, 친구. 게다가 우리 애들은 실제 치즈를 본 적조차 없어. 이 구름사냥꾼 친구는 본 적이 있는지 모르겠지만."

그 말에 알랭이 머리를 흔들었다.

"이쪽 지역의 중심 기류에서는 범죄, 사랑, 돈으로도 구할 수 없는 게 치즈지. 내가 콩 치즈는 좀 줄 수 있네만."

"아니, 그건 쥐들이 안 먹어요. 우유로 만든 치즈여야 해요. 그게 아니면 소용없어요."

"자넨 과거에 어떤 일이 있었는지 알지 않나?"

"나한테 필요한 게 치즈라는 건 알죠."

"사람들이 구세계의 동물들을 데리고 왔었지만 그걸로 끝이었지. 대부분이 견디지 못했고 예외적으로 몇 마리만 살아남았잖아. 자네 혹시 소가 풀을 뜯어 먹는 섬을 마지막으로 본 게 언제인지 생각나나? 난 소가 사는 섬을 두 개 아는데, 그 섬들이 전부야. 치즈는 금가루라고, 이 사람아. 왜 콩 치즈는 안 되는 건가?"

"이 할머니가 이해를 못 하시네. 다 쥐 때문이라니깐."

남자가 쥐처럼 입을 씰룩거리면서 콧등을 찌푸렸다.

"저기 가서 가죽 구경해도 돼요?" 마틴이 물었다.

"그래도 되겠나?" 할머니가 재차 물었다.

"맘대로 하세요. 그런데 정말 치즈라곤 부스러기도 없는 게 확실해요? 이 섬에는 진짜 엄청나게 큰 쥐가 한 마리 있거든요. 벌써 2년 동안 그 쥐를 잡으려고 애쓰고 있는데, 그놈의 쥐는 늘 망을 망가뜨리고 먹이도 훔쳐 먹고 달아나지 뭐예요. 심지어 하늘상어도 죽이더라니깐요. 내가 똑똑히 봤어요. 덫을 놓아도 요리조리 피해 가고 먹이를 잔뜩 훔쳐 먹으니 배가 불러서 미끼에도 넘어가질 않아요. 무슨 미끼를 놔도 도통 물 생각을 안 해요."

우리는 가죽을 구경하러 갔다. 가죽을 하나 손으로 만져보니, 놀랍게도 부드럽고 고급스럽기까지 했다.

"그런데 그 쥐가 치즈는 먹는단 말이지?" 할머니가 반신반의하며 물었다. "그걸 자네가 어찌 알지?"

"치즈를 줘본 적이 있거든요. 상인한테서 산 거였는데, 쥐들이 치즈를 어찌나 좋아하던지 못 참고 잘도 넘어가더라고요. 하늘쥐한테 치즈는 개박하[고양이들이 좋아하는 풀로, 스트레스 해소용으로 쓰임:옮긴이] 같은 거죠. 그나저나 저기 있는 하늘고양이는 할머니 고양이인가요?"

남자가 갑판 난간 너머로 이쪽을 바라보고 있는 버찌를 가리켰다. 버찌는 배 밖으로 나가 섬에 발을 들일지 말지 고민하고 있는 듯했다.

"맞네."

"쥐를 잘 잡나요?"

"저 녀석은 게으르기 짝이 없지. 자기 꼬리 잡기도 안 하는 녀석인데 뭘."

"유감이군요. 쥐를 잘 잡는 녀석이 필요한데. 나도 전에 쥐를 잘 잡는 고양이가 있었는데 죽었어요."

"어쩌다가?"

"쥐한테 잡아먹혔죠."

"어떤 쥐이기에 고양이를…?"

"내가 쫓고 있는 바로 그 쥐요. 그래서 치즈가 필요한 거예요."

"미안하게 됐군. 자네를 도울 수만 있다면 우리도…."

"잠깐만요. 할머니는 치즈는 없지만 아이들이 있잖아요. 저 남자애는 몇 살이죠?"

"뭐라고?"

"저 애가 몇 살이냐고요."

그러고는 남자가 마틴을 쳐다봤다. 마틴과 알랭은 여전히 가죽들 사이를 헤집고 다니고 있었다.

"나이가 더 많은 애 말고요. 저 애는 쓸모가 없어요. 얼굴에 흉터가 있는 걸 보면 이미 성년식을 치른 것 같으니."

"나이를 왜 묻는 거지?"

"남자애들을 좋아하거든요."

할머니는 이제 두려움에 질려버린 듯했다.

"누가?"

"쥐들이죠. 쥐들은 남자애들을 좋아해요. 남자애들의 냄새 말이에요. 저 꼬맹이, 혹시 돈 좀 벌고 싶으려나?"

"무슨 얘기예요?" 마틴이 끼어들었다.

마틴은 자기가 원할 때는 멀리서 하는 말을 잘도 알아듣는다. 설거지하라고 시킬 때는 그렇게 못 들으면서 돈 이야기만 나오면 바늘 떨어지는 소리도 듣는다.

"아니, 그건 좋은 생각이 아닌 것 같네. 난 이 아이들의 보호자야. 내 생각엔…."

"안전해요. 위험할 게 하나도 없어요. 그냥 저 애를 저쪽 기슭에 세워두기만 하면 되거든요. 바람이 저 애의 냄새를 퍼트리면 그걸 맡고 늙은 하늘쥐가 다가올 겁니다. 그때 그 쥐를 잡으면 돼요. 아이한테는 아무 일 없을 거예요. 걱정하실 거 없어요."

"아니, 잠시만 기다려보게."

"저 그거 하고 싶어요, 할머니!" 마틴이 위아래로 폴짝폴짝 뛰었다. "하게 해주세요. 하고 싶어요. 그동안 쥐 미끼가 되어볼 기회는 없었잖아요. 아저씨, 그럼 얼마나 주실 거예요?"

"어디 보자… 50국제통화를 주마. 어때?"

"100 주세요!"

"70."

"마틴, 잠시만 가만히 좀 있어보렴."

"할머니, 우리한테 돈이 별로 없다면서요. 메트로 아일랜드에 가서 어떻게 먹고살아야 할지 모르겠다고 하셨잖아요."

"마틴, 우리에겐 100국제통화나 필요하진 않단다."

"하지만 태양광 엔진 고치느라 저금해둔 돈을 썼잖아요. 그건 하늘상어한테 남은 음식을 준 제 탓이었고요. 저, 이거 정말 해보고 싶어요. 한 번도 치즈 조각이 되어본 적은 없잖아요!"

내 동생이긴 하지만 나는 가끔 마틴이 용감한 것인지, 멍청한 것인지 구분이 안 될 때가 있다. 어쩌면 둘 다일지도 모르겠다.

"제가 같이 있을게요." 알랭이 끼어들었다. "마틴 네가 원하면…"

쥐잡이 남자가 알랭의 손에 들린 활을 봤다.

"너, 그거 잘 쏘냐?"

"쏠 줄 알아요."

"네가 나보다 먼저 쥐를 맞히면 50을 주지."

"두고 보시죠."

"됐죠, 할머니? 다 괜찮을 거예요."

"그럼! 문제될 게 전혀 없지. 아무 일 없을 거야."

"제발요!"

다행히 할머니는 지나치게 안전만 따지는 사람은 아니었다.

"그래, 다 그러면서 크는 거긴 하다만. 만약 정말로 하고 싶으면…."

"하고 싶어요!"

"쥐잡이 양반, 정말 안전한 거 맞지?"

"집만큼이나 안전해요. 난 쥐를 많이 잡아봤어요. 녀석들한테 물린 건 딱 한 번뿐이죠."

쥐잡이 남자가 왼손을 들어 올렸다. 손가락이 두 개 없었다.

"아니, 잠깐만…."

"다 괜찮을 거예요, 할머니. 겨우 손가락 두 개인걸요."

"이 애, 정신 상태가 아주 맘에 들어. 겨우 손가락 두 개라잖아. 혹시 견습생 할 생각 없냐, 꼬마야? 쥐 가죽 벗기는 일이 꽤 괜찮거든. 지루할 틈도 없고 맑은 공기를 쐬며 일할 수 있단다. 그리고 자기 사업이니까…."

"저 애는 쥐 가죽 벗기는 일엔 관심 없네." 할머니가 차갑게 말했다. "우린 메트로 아일랜드로 가는 길이야."

그 말이 인상적이라는 듯 쥐잡이 남자가 잠시 생각에 잠겼다.

"그래? 메트로 아일랜드로 가는 길이라고? 그게 사실이냐?"

"그러니까 해도 되는 거죠, 할머니?"

"음, 그럼… 손 다치지 않도록 조심하렴."

"지금 당장 하는 거예요?"

"당장 해야지. 다들 날 따라와."

쥐잡이 남자가 몸을 돌려 섬 반대편을 향해 걸음을 옮겼다. 우리는 하늘 높이 우뚝 솟은 바위를 지나 그를 따라갔다. 사방이 탁 트여서 바람이 부는 걸 느낄 수 있었다.

"좋아, 어린 친구. 이제 저쪽 절벽 아래 바위에 서서 좋은 생각이나 하고 있으면 돼. 그럼 바람이 네 냄새를 곳곳에 퍼트릴 거야."

"저는 냄새가 안 나는걸요!"

"그런 냄새가 아니라 자연적으로 나는 남자애 냄새를 말하는 거야. 그냥 저기 서 있기만 하면 그 커다란 늙은 쥐가 용케 알아챌 거야. 나랑 다른 사람들은 냄새를 풍기지 않도록 여기 바위 뒤에 있으면 돼. 하늘쥐가 나타나 주변을 뱅뱅 맴돌기 시작하면 우리가 잡을게. 저쪽에서 네 친구는 활을 쏘고 난 작살을 쏠 거야. 잘못될 건 아무것도 없으니까 걱정 마."

그의 말대로 우리는 바위 뒤에 숨었다. 그리고 마틴은 신나고 뿌듯한 표정으로 절벽 아래 바위에 섰다. 마치 자기가 세상에서 가장 위대한 사람이라도 된 것처럼 말이다.

"마틴은 자기가 지금 무슨 짓을 하고 있는지 제대로 알기나 할까요?" 내가 물었다.

"글쎄다. 그래도 교실에 앉아 있는 것 못지않게 배울 게 있겠지." 할머니가 답했다.

바람이 마틴의 눈가로 내려온 머리카락을 흔들었다.

"메트로 아일랜드에 가면 머리를 잘라야겠구나. 아니면 이따가 내가 해주든지…." 할머니가 멍하니 말했다.

바위 뒤에 앉아서 조용히 있다 보니 점점 다리가 아파오기 시작했다. 그러다 감각이 없어지면서 어느 순간 쥐가 났다. 그래서 종아리 근육을 풀어주고 있는데, 그때 무슨 소리가 들렸다.

"녀석이 오고 있어…."

바위 뒤에서 훔쳐보니, 마틴의 얼굴에는 더 이상 웃음기가 남아 있지 않았다. 마틴에겐 지금 두 가지 중 하나가 필요해 보였다. 당장 마음을 바꾸든가, 화장실로 달려가든가.

"세상에…."

하늘쥐는 말 그대로 거대했다. 쥐보다는 오히려 박쥐에 가까웠다. 걸레 같은 날개와 툭 튀어나온 주둥이가 달린 기다란 머리, 발톱이 달린 네 다리에 설치류의 이빨을 갖추고 있었다. 또 불룩한 검은 눈은 튀어나오기 일보 직전이었다.

하늘쥐가 펄럭임을 멈추고 절벽에 섰다. 마틴이 서 있는 곳에서 겨우 2미터 남짓 거리였다.

"안 쏠 건가?" 할머니가 쥐잡이 남자한테 속삭였다.

"아직요. 한 방에 맞혀야 해요. 빗나가면 다신 안 올 겁니다. 좀 더 가까워질 때까지 기다려야 해요."

알랭이 활을 들어 조준을 했다.

"내가 쏘라고 할 때까지 쏘면 안 돼, 어린 친구."

쥐잡이 남자의 말에 알랭이 고개를 살짝 끄덕였지만 대답은 하지 않았다.

쥐잡이 남자가 총에 작살을 장전했다.

거대한 하늘쥐가 이상한 소리를 내더니 숨을 깊이 들이마시며 냄새를 맡기 시작했다. 그러더니 갑자기 토끼처럼 깡충 뛰었다. 불과 2미터 앞에서 말이다.

마틴은 아예 하얗게 질려버렸다.

"분명히 자네가…." 할머니가 또 속삭였다.

"괜찮아요, 괜찮아. 난 경험이 많아서 어떻게 해야 하는지 잘 안다고요."

쥐잡이 남자가 작살 총을 들어 올렸다. 하지만 손가락이 두 개 부족한 그의 왼손은 그다지 신뢰를 주지 못했다.

그때 흐느껴 우는 듯한 소리가 들렸다. 하늘쥐가 내는 소리인 줄 알았는데, 마틴이었다. 마틴은 그 자리에 꼼짝 않고 서서 눈을 꼭 감은 채 바들바들 떨고 있었다.

"어린 친구가 용감하군. 저렇게 용감한 미끼는 흔치 않아." 쥐잡이 남자가 감탄하듯 말했다.

"어서 쏘지 않고!" 할머니가 재촉했다.

하늘쥐가 앞으로 몸을 숙이더니 마틴의 목에 코를 갖다 대고 킁킁거렸다. 마틴이 마음에 든 듯했다. 그러다 머리를 옆으로 기울이고는 입을 벌렸다. 툭 튀어나온 거대한 이빨 그리고….

갑자기 쥐가 땅바닥으로 떨어지더니 흉측한 모습으로 뻗었다. 가슴에는 작살이, 머리에는 활이 꽂혀 있었다.

"작살 때문에 가죽이 작살나면 곤란한데 말이야." 쥐잡이 남자가 몸을 일으키며 말했다. "어쨌든 잘 쐈네, 어린 친구."

"활을 빼 올게요." 알랭이 말했다.

"내 작살도 부탁하네."

우리는 하늘쥐가 떨어진 곳으로 갔다. 마틴은 그 옆에 누워 있었다. 기절해버린 모양이었다.

할머니가 마틴을 흔들었다.

"마틴…."

마틴이 눈을 떴다.

"잡았어요?"

"100국제통화를 벌었어, 어린 친구. 그리고 저기 명사수도 50을 벌었지."

마틴의 얼굴에 미소가 번졌다.

"저, 겁나지 않았어요. 하나도 안 무서웠어요."

"엄청 떨었으면서." 내가 말했다.

"약간. 그래도 어쨌든 해냈잖아."

쥐잡이 남자가 마틴의 등을 탁 쳤다.

"바로 그 정신이야, 어린 친구. 자넨 진정한 쥐 가죽 벗기기 정신을 가졌어. 내가 쥐 가죽 벗기는 걸 보고 싶지 않냐?"

"와우! 그래도 돼요?" 마틴이 물었다.

나는 그들을 내버려뒀다. 이만하면 충분했다. 그래서 산책을 가기로 했다.

내가 돌아왔을 때는 모든 게 끝나 있었다. 쥐잡이 남자는 그 거대한 가죽을 말리기 위해 다른 가죽들과 함께 널어놨다.

"우리 집으로 가서 기운 좀 차리시죠. 정산도 해야 하고, 여러분한테 소개해주고 싶은 사람도 있거든요."

우리는 쥐잡이 남자를 따라 그의 집으로 갔다. 그의 집은 섬에 있는 유일한 집이었다. 사실 쥐 가죽을 벗기는 건 굉장히 고독한 일로 사람들이 좋아할 만한 일은 아니었다.

집은 작지만 깔끔하고 시원했다. 쥐잡이 남자가 우리한테 마실 것을 주고 쥐 고기를 권했지만 아무도 먹지 않았다. 잠시 후 우리는 남자가 우리한테 보여주고 싶어 하는 사람을 만날 수 있었다.

"안젤리카! 내려와서 인사해. 사람들이 왔어."

계단을 내려오는 소리가 들리더니 마틴 또래로 보이는 여자애가 방으로 들어왔다. 크고 동그란 안경 너머로 보이는 아이의 얼굴은 놀라울 정도로 예뻤다. 아이의 손에는 책이 들려 있었다. 책은 굉장히 낡았고 모서리가 접혀 있었다. 수도 없이 그 책을 읽은 듯했다.

"내 딸 안젤리카예요. 안젤리카, 인사해야지."

여자애가 수줍게 우리를 쳐다봤다.

"안녕하세요…."

"우린 다른 사람들을 만날 기회가 별로 없어요. 특히 얘 또래의 아이들은 말이죠."

여자애가 호기심 가득한 표정으로 우리를 둘러봤다. 그건 마틴도 마찬가지였다. 마틴의 신경은 이제 자기 손에 쥔 100국제통화보다 여자애한테 온통 쏠려 있었다.

"책을 좋아하는구나?" 할머니가 물었다.

"네, 좋아해요." 여자애가 대답했다.

"그런데 우린 책이 두세 권밖에 없어요. 얘는 이미 그 책들을 읽고 또 읽었죠. 그래서 말인데, 혹시 내 부탁을 들어줄 수 있나 해서요. 어차피 그쪽으로 간다고 했으니… 돈은 기꺼이 지불할게요. 할머니가 부르는 금액이 얼마든…."

할머니가 한숨을 쉬었다. 쥐잡이 남자가 말을 꺼내기 훨씬 전부터 할머니는 이런 일이 생길 것을 알고 있었던 모양이다.

"안젤리카도 메트로 아일랜드에 데리고 가줄 수 있나요? 안젤리카는 배움에 늘 목이 말라 있거든요. 얘야, 그렇지? 난 쥐 가죽이나 벗기는 일을 하지만 안젤리카는 정말 머리가 좋거든요. 분명 엄마한테서 물려받았을 겁니다. 이 애를 데려가준다면 내가 가진 걸 다 줄 수도 있어요. 제발 부탁합니다. 할머니와 함께 가면 안젤리카는 분명 안전할 거예요. 그러니 제발 데려가주세요."

할머니가 여자애를 보며 물었다.

"안젤리카, 너도 그걸 원하니? 아빠 곁을 떠날 수 있겠어?"

여자애가 고개를 저었다.

"하지만 학교는 가고 싶은 거지?"

이번에는 고개를 끄덕였다.

"그렇다면 참 어려운 일이 되겠구나, 그렇지?"

"아빠가 보러 갈게, 안젤리카. 내년에 말이야. 배도 고치고 돈도 모아서 너한테 가마. 넌 여기 있으면 안 돼. 쥐 가죽 벗기는 일을 물려주기엔 넌 머리가 너무…."

여자애가 쥐 가죽 냄새를 풍기는 아빠의 품에 안겼다.

"나도 안다, 얘야. 아빠도 네가 너무너무 보고 싶을 거야. 하지만 네 엄마도 아빠와 같은 마음일 거야. 이게 최선이니까."

나는 갑판에 자리를 하나 더 마련해야겠다는 생각이 들었다. 더 들어보나 마나 이제 우리에겐 또 한 명의 손님이 생겼으니까.

그런데 한 가지 알 수 없는 게 있었다. 어째서 저 남자는 딸을 쥐의 미끼로 쓰지 않았던 것일까? 마틴과 같은 나이인데 말이다. 나는 두 가지 정도의 이유를 생각해낼 수 있었다. 저 애의 냄새가 하늘쥐를 잡기엔 마땅치 않았거나, 딸을 너무 사랑해서 딸을 잃을지도 모르는 위험을 감수하기 싫었거나.

뭐, 사실 충분히 이해가 되는 일이었다. 마틴 때문에 미쳐버릴 것 같은 나조차도 녀석이 100국제통화보다는 훨씬 가치가 높다고 생각하니까. 나한테 마틴은 대체 불가이기 때문이다.

이야기꾼 안젤리카

다시 마틴의 이야기

젬마 누나가 언제 어디서 뭘 하든 나는 전혀 관심이 없다. 대부분 나하고는 상관없는 일이기 때문이다. 하지만 누나가 멍하니 있는 모습을 보면 왠지 짜증이 났다.

곧바로 눈치채진 못했다. 하지만 얼마 지나지 않아 누나가 매사에 알랭이 어떻게 생각하고, 알랭은 어떤 의견을 갖고 있는지를 나한테 말한다는 걸 깨닫게 되었다. 그리고 누나는 자기가 식사 준비를 할 차례가 되면 이런 식으로 행동했다. "어머, 알랭, 조리실에 가서 나 좀 도와줄래?" 알랭의 차례도 아닌데 말이다. 또누나가 설거지할 차례가 되면 이렇게 말했다. "어머, 알랭, 우리같이 설거지하지 않을래? 우리 둘이서 하면 훨씬 빨리 끝낼 수 있을 거야."

하지만 밑에서 둘이 그렇게 수다를 떠는데 설거지가 빨리 끝날 리는 없다. 아마 수다는 대부분 누나가 떨고 알랭은 그저 듣기만 할 것이다.

내가 봤을 때는 그 모습이 꽤나 한심해 보였다. 하지만 할머니는 이렇게 즐거운 일은 오랜만이라는 듯 미소만 지을 뿐 아무 말이 없었다. 내 생각은 이렇다. 누나는 8년 만에 처음으로 내가 아닌 다른 남자애를 보게 되었고, 얼굴에 난 저 흉터와 활 때문에 알랭을 특별하게 생각하는 것이다. 하지만 누나가 저렇게 멍청하게 군다 하더라도 그건 누나의 문제지 내 문제는 아니다.

중요한 건 그게 아니다. 내가 말하고 싶은 건 안젤리카다. 네 살 때부터 내가 본 여자애는 누나뿐이다. 그래서 내 머릿속에는 여자애들이란 여왕벌, 변덕쟁이, 깍쟁이, 싸움닭 같고, 종종 속임수를 쓰고 으스대기를 좋아하며, 누가 보지 않을 때는 발로 사람을 차는 그런 존재라는 생각만 있었다.

하지만 안젤리카는 전혀 그렇지 않았다. 안젤리카는 정말이지 놀라움 그 자체였다. 누구처럼 어떻게 하라고 명령을 내리거나 대장처럼 구는 법이 없었다. 그리고 교활하게 엉덩이를 걷어차지도 않았다. 무엇보다 예쁘다. 안경을 썼는데도 말이다. 가끔 안경을 벗고 그 커다란 파란 눈을 깜박거리는 모습을 보고 있으면 저렇게 예쁜 사람이 또 존재할 수 있을까 하는 생각이 든다.

이렇게 말한다고 내가 그저 예쁜 얼굴에 홀딱 넘어가는 그런 사람이라고 오해하면 곤란하다. 나는 절대 그런 사람이 아니기 때문이다. 나는 안젤리카가 읽어온 책들과 그 애가 경험한 일들 때문에 관심이 생긴 것이다. 안젤리카는 읽은 책을 모두 외울 수 있고, 하늘쥐 사냥에 관해서라면 마르지 않을 이야기 샘을 갖고 있었다. 안젤리카는 집에서 책만 읽으며 창밖으로 세상을 구경한 게 아니었다. 아빠를 따라 수없이 쥐를 사냥하러 다녔다.

나는 갑판에 드러누워 안젤리카의 이야기를 들었고, 그러면서 길고 지루한 시간들을 견뎌냈다. 안젤리카는 하늘쥐가 아빠의 손가락 두 개를 물어뜯었을 때의 이야기도 들려줬다. 아빠 손가락을 물어뜯은 뒤, 어찌 된 일인지 쥐가 죽어버렸다. 그래서 혹시나 잘린 손가락을 다시 붙일 수 있지 않을까 해서 쥐의 배를 갈랐더니, 속에 손가락이 두 개가 아니라 네 개가 있었고 상태도 멀쩡했다. 즉, 다른 두 개의 손가락도 최근에 뜯어먹은 것이었다.

안젤리카 부녀는 손가락을 다시 붙일 수 있는지 알아보기 위해 가장 가까이에 있는 병원선으로 갔다. 안젤리카 아빠는 어떤 손가락이 자기 것인지 쉽게 구분할 수 있었다. 두 개는 피부색이 굉장히 어두웠는데, 안젤리카 아빠는 피부색이 꽤 창백한 편이었기 때문이다. 하지만 안젤리카 부녀가 병원선에 도착했을 때는 이미 너무 늦고 말았다. 손가락은 죽어가고 있었고, 피부는 양피지처럼 쪼그라들어 있었다. 의사가 해줄 수 있는 일은 없었다. 그래서 의사가 플라스틱 손가락을 권했지만 안젤리카 아빠는 진짜 손가락이 아닐 바에는 아예 없는 게 낫다며 거절했다. 결국 그후로 안젤리카 아빠는 손가락 두 개가 없는 상태로 살게 되었다고 한다.

이 이야기 말고도 안젤리카는 정말 많은 이야기를 알고 있었다. 그래서 나는 안젤리카가 특별한 아이라고 생각했다. 배를 타고 가면서 할 일이 없을 때면 우리는 이런저런 이야기를 나눴고, 그때마다 나는 언젠가 안젤리카와 둘이 쥐를 잡으러 모험을 떠난다면 정말 멋질 거라고 생각했다.

"안젤리카, 언제 나도 쥐 사냥에 데려가줄 수 있어?"

"좋지. 아주 멋질 것 같아."

나는 우리 둘이서 배를 타고 나가 거대한 하늘쥐를 잡고 기념 촬영을 하는 상상을 해봤다. 심지어 우리가 결혼해서 우리만의 섬을 갖고 거기서 쥐 가죽 벗기는 사업을 하는 상상도 해봤다. 하지만 이런 생각을 넌지시 밝히자, 안젤리카는 미안하지만 싫다고 했다. 안젤리카의 장래 희망은 의사가 되는 것이었다.

안젤리카 아빠는 딸이 쥐 가죽 벗기는 일을 하는 걸 원치 않았다. 사람들로부터 괄시를 받거나 쓰레기 줍는 일과 같은 취급을 받기 때문이다. 안젤리카 아빠는 안젤리카가 더 나은 사람이 되길 바랐다. 가령 외과 의사 같은 사람 말이다. 하지만 나는 그 두 가지 일이 나쁘다고 생각하지 않는다. 쓰레기는 줍는 게 맞고 쥐 가죽은 벗겨야 하니, 그런 일을 해주는 사람들한테 오히려 고마워해야 하는 게 아닐까.

나는 또 안젤리카한테 엄마가 어떻게 된 건지 말해줄 수 있냐고 물어봤다. 혹시나 하늘쥐가 이번에는 손가락이 아니라 엄마를 통째로 잡아먹은 건 아닌지 해서. 하지만 안젤리카는 그런 게 아니라고 했다. 엄마를 잃은 건 외로움 때문이었다. 작디작은 섬에 사람이라곤 딱 셋뿐이고, 여기저기 죽은 쥐들만 햇볕 아래 널브러져 있으니 얼마나 외롭고 지겹겠는가. 그래서 어느 날 안젤리카 엄마는 지나가는 크루즈선에 신호를 보내서 일자리를 구했고, 안젤리카와 아빠를 껴안아준 뒤 다시 돌아오겠다는 말을 남기고 떠났다. 하지만 1년이 지난 지금까지도 엄마는 안젤리카를 보러 오지 않고 있다고 한다. 안젤리카 엄마를 보면 쥐 가죽 벗기는 일이 모든 사람의 입맛에 맞는 일은 아닌 모양이다. 하긴 사람마다 입맛은 가지각색이니까.

가끔 페기 할머니를 불러서 안젤리카의 쥐 가죽 이야기를 같이 들을 때도 있었는데, 할머니는 나만큼 그 이야기를 즐기지 않는 것 같았다. 그리고 안젤리카도 할머니가 있을 때는 이야기를 잘하지 못했다. 마치 할머니의 존재 자체가 안젤리카의 말재주를 앗아가기라도 하는 듯이 말이다.

안젤리카가 선실로 내려가 안경을 닦고 미모 가꾸기에 열중하는 동안, 할머니가 나한테 물었다.

"안젤리카는 똑똑한 아이야. 그렇지, 마틴?"

"머릿속이 이야기 공장 같아요."

"너, 안젤리카 좋아하지?"

나는 어깨를 으쓱했다.

"재밌는 쥐 사냥 이야기를 많이 알고 있거든요."

"그래, 안젤리카는 똑똑하고 상상력이 아주 풍부하지."

"상상력이 풍부한 건 좋은 거 아닌가요?"

"물론 좋지."

"제가 지루하다고 하면 할머니는 늘 말씀하셨잖아요. '상상력을 펼쳐보렴' 하고 말예요."

"그랬지."

할머니가 나를 보며 미소를 지었다. 그 미소를 보고 나는 기분이 좋아졌다. 할머니는 요즘 별로 웃지도 않는 데다 더 나이 들고 피곤해 보였다. 어쩌면 그동안 실은 피곤하지만 그걸 우리한테 드러내지 않았던 것인지도 모른다.

"내가 아이 넷을 학교에 보내리라곤 상상도 못해봤구나. 가는 도중에 길 잃은 아이들까지 데려가게 됐으니."

"우리가 길 잃은 아이들이에요?"

할머니가 팔을 뻗어 내 머리를 헝클어트렸다. 최근에 할머니는 이런 행동을 한 적이 거의 없었다. 내가 어릴 때는 자주 했었는데.

"우린 모두 길을 잃은 사람이란다. 어떤 의미에선 말이지."

"우린 그렇지 않잖아요, 그렇죠? 할머니는 항상 같이 있을 거잖아요."

"나도 노력하고 있단다. 하지만 잘 들어… 너도 알다시피… 언젠가는…."

"언젠가는 뭐요?"

"아니다. 다음에 얘기해주마."

"우리가 메트로 아일랜드로 간 뒤엔 어떻게 하실 거예요?"

"너희랑 학교를 같이 다니진 않겠지?"

"그럼 집으로 돌아가실 거예요?"

할머니는 먼 곳을 쳐다보며 곧장 대답하지 못했다. 그러더니 다시 미소를 지었다. 할머니의 말처럼 백스무 해의 주름이 진 미소였다.

"그래, 난 집으로 갈 거야. 내 섬과 따분한 벤 영감이 있는 곳으로… 그래, 그게 바로 내 계획이야."

"혼자 외롭지 않으시겠어요?"

"물론 외롭지 않고말고. 그러기에 난 너무 바쁠 거란다."

"할머니가 그러실 줄 알았으면 절대로 메트로 아일랜드에 간다고 안 했을 거예요."

"아니야, 난 괜찮을 거야. 그런 걱정은 하지 마."

"메트로 아일랜드에도 휴일이 있을 거예요."

"그렇지. 그때 날 보러 오면 되겠구나."

"어떻게 가요?"

"내가 데리러 가마. 아니면 부정기선 표를 사주마. 시간은 많이 걸리겠지만."

"그러면 되겠네요."

할머니는 고아가 될 뻔했던 우리를 군이 돌봐주지 않아도 되지만 결국 돌봐준 분이다. 할머니가 우리 없이도 잘 지낼 수 있을 거라고 생각하니 마음이 놓였다.

"네 연인이 오는구나." 할머니가 말했다.(내 생각엔 할머니가 이렇게 말한 것 같다. 사실 제대로 듣질 못했다.) "난 가서 자동 항법 장치가 제대로 작동하는지 확인 좀 해야겠구나."

"알겠어요."

할머니가 떠나고 안젤리카가 내 옆으로 와서 앉았다. 안젤리카의 안경이 반짝반짝 빛났고 안젤리카 몸에서는 비누처럼 좋은 냄새가 났다.

"젬마 누나는 어디 있어?"

"알랭하고 저녁 준비하면서 하늘고기 내장 제거하고 있어."

"아, 그럴 줄 알았어."

"아무 일 없지, 얘야?" 할머니가 우리를 보며 소리쳤다.

"네, 괜찮아요." 안젤리카가 대답했다.

"다행이구나. 마틴이 사고 안 치게 잘 지켜보렴."

할머니는 그렇게 말하고 지도를 보러 갔다.

"참 좋은 분이야." 안젤리카가 말했다. "내가 본 사람 중 가장 나이 많은 분일 거야."

"깨끗하게 살고 위스키 마시기."

"그게 무슨 말이야?"

"사람들이 할머니한테 장수의 비결을 물으면 항상 하시는 말이야. 깨끗하게 살고 위스키 마시기."

"위스키가 뭐야?"

"벤 할아버지가 만들어 통에 담아두는 게 있어. 할아버지는 그걸 위스키라고 하는데 내가 볼 땐 하수구 세제에 더 가까운 것 같

아. 날벌레를 쫓을 때 참 좋아."

"체스 또 할래? 이번엔 네가 이길 수도 있지 않을까?"

"아니, 지금은 됐어. 쥐 사냥 이야기 더 없어? 하긴 지금쯤이면 더 해줄 것도 없을 것 같긴 하지만."

"아니, 그렇지 않아. 생각할 시간을 조금만 줘… 그래, 기억났어. 혹시 아빠하고 내가 궁지에 몰린 하늘쥐를 잡으려는데 아빠 총이 고장 나서 맨손으로 목을 졸라 잡은 이야기 했었나?"

"아니, 그 이야기는 안 했어. 정말 듣고 싶어. 자세히 전부 다. 피범벅이 되는 부분도 포함해서 말이야."

"잠시만."

"눈 찌르기 같은 것도 했어? 하나도 빠뜨리지 말고 말해줘. 만약 눈을 찔렀으면 그 이야기도 꼭 해줘야 해."

"잠시 기억을 좀 떠올린 다음에 해줄게."

"그래. 그런데 눈을 찌르는 부분이 있긴 있어? 아니면 물어뜯긴다거나 그런 일은?"

"그래, 그날 그런 일이 있었던 것 같아. 아니, 확실히 있었어."

"좋았어. 하늘쥐를 잡은 다음 어떻게 내장을 제거했고, 또 배속에 손가락이 있었는지, 아니면 다리나 다른 게 있었는지도 말해줘야 해."

13

어리밭

계속되는 마틴의 이야기

"할머니, 메트로 아일랜드까지 얼마나 더 가야 해요?"

사실 이 질문은 이번이 처음은 아니고 이미 수천 번이나 한 질문이다. 아니, 수만 번일 수도 있다.

"이제 얼마 안 남았어."

페기 할머니가 녹차 찌꺼기를 배 밖으로 버렸다. 작은 하늘고기 떼가 일제히 달려들어 그것들을 물고 달아났다.

"절반은 온 건가요?"

"아마 그럴걸."

"저번에도 그렇게 말하셨잖아요."

"그래, 마틴. 이제부턴 우리가 어느 길을 가느냐에 달려 있어. 뒷길을 이용하면 일주일, 열흘 정도는 더 걸릴 것 같구나."

"알겠어요."

"지루해서 그래?"

"그냥 궁금해서요."

"어디 들러서 다른 음식도 먹고 제대로 샤워도 하는 게 좋겠구나."

우리 배 같은 곳에서는 물을 허투루 낭비할 수 없다. 대야 하나로 양치를 포함한 모든 걸 해결해야 하기 때문이다.

"그래도 하늘은 맑네요. 주변에 이상한 것들도 없고요."

하지만 한 시간 뒤, 우리는 그것들을 보게 되었다. 그 수는 셀수도 없을 만큼 많았고, 계속해서 움직이며 떠다녔다. 처음 그것들을 봤을 때 하늘해파리 떼인 줄로만 알았다. 고깔해파리가 아니라 좀 더 친근하고 독이 없는 작은 해파리 말이다. 하지만 생김새가 비슷할 뿐 해파리는 아니었다.

알랭이 할머니한테 태양광 엔진을 끄고 돛을 접으라고 했다. 할머니도 저게 뭔지 알지 못했다. 하지만 알랭은 알고 있었다.

"저거, 그냥 해파리지? 우릴 해치진 않을 거야."

"아니요. 저건 어뢰예요." 알랭이 말했다.

"뭐라고?"

"여기가 어뢰밭이었네요."

"그걸 네가 어떻게 아는 거니?"

"잠시만요…."

알랭이 화살을 활시위에 걸고 당겼다. 그러더니 뱃머리로 가서 하늘 높이 화살을 쐈다. 화살은 포물선을 그리며 날아가다 떨어지면서 '해파리' 하나를 맞혔고, 즉시 폭발했다. 폭발로 인한 파편물이 다른 어뢰 서너 개를 건드렸고 그것들 역시 차례로 터졌다. 그리고 그로 인해 또 다른 어뢰들이 연쇄 폭발을 하더니 잠시 후 소리가 멈췄다.

"돌아서 갈 수 있어요?" 내가 물었다.

"그러기엔 어뢰밭이 너무 넓어." 알랭이 대답했다.

"저 밑으로 지나가는 건?"

"그럼 부력을 잃고 가라앉겠지." 할머니가 대답했다.

"저 위로 넘어가는 건요?"

"대기층이 너무 희박해."

"돌아가서 다른 길로 가는 건 어때요?"

"그럼 며칠이나 더 걸릴 거야. 그게 제일 안전하긴 하지만." 알랭이 대답했다.

할머니가 생각에 잠겼다.

"며칠 더? 새 학기 시작 전에 도착해야 하는데…."

"아니면 어뢰밭을 관통하는 것도 완전 불가능한 건 아니에요."

알랭이 이렇게 말하고는 할머니와 눈빛을 주고받았다.

나는 우리 앞에 끝없이 펼쳐진 어뢰밭을 봤다. 도저히 저 사이를 관통할 수 있을 거라는 생각이 들지 않았다.

우리가 결정을 내리기 위해 고민하는 동안, 다른 하늘배에서 우리를 부르는 소리가 들렸다. 그 배도 우리 배만큼 작았는데, 오른쪽에 있는 초라한 오두막 섬에서 나온 것이었다.

"어이, 거기!"

배를 조종하는 남자는 갈색으로 그을린 맨가슴을 훤히 드러내고 있었다. 불량하게 미소 짓는 입술 사이로 금니가 두어 개 보였고, 거친 수염이 듬성듬성 나 있었다.

"어이, 거기! 항해사 필요하신가? 저길 건너려는 거지?"

할머니가 남자의 거친 말투에도 아랑곳없이 그를 무심코 쳐다봤다.

"어쩌면."

"그렇다면 내가 해줄 수 있는데 말이지."

"그래?"

"내가 배를 여러 척 건너게 해줬거든. 한 척도 실패한 적이 없어."

"그러셔?"

"직접 시도한 배들도 있었지만 죄다 실패했지."

"그런가?"

"거기 총 몇 명이지?"

"다섯 명."

"1,000국제통화만 내."

"얼마라고?"

"한 명당 200국제통화야."

"한 척당이 아니라?"

"인당으로 받아."

"비싼 거 같은데."

"기술 값이지."

할머니가 미심쩍은 눈으로 남자를 봤다.

"저 많은 어뢰들이 어쩌다 저기에 떠 있게 된 거지?"

남자가 어깨를 으쓱했다.

"혹시 자네가 직접 심어놓은 건 아니겠지?"

"왜 이러시나…."

"그럼 저 어뢰들은 대체 어디서 온 건데?"

"떠내려온 거겠지. 여기저기 전쟁 지역에서. 전쟁이 일어나면 어뢰를 심어뒀다가 전쟁이 끝나면 어뢰에 대해선 잊어버리고 마는 거지. 그러면 태양조석이 어뢰를…."

"그래서 어뢰들이 자네 집 앞까지 이렇게 떡하니 떠내려왔고, 그걸로 자넨 돈벌이를 한다 이 말인가?"

"그런 말이 있잖아." 남자가 우리한테 금니를 보이며 말을 이었다. "아무에게도 이롭지 않은 바람은 불지 않는다. 이 어뢰밭 덕분에 돈을 버는 게 나뿐만은 아닐걸?"

"어쨌든 우린 1,000국제통화가 없네."

"800. 아이들은 깎아주지."

할머니가 머리를 흔들었다.

"이보게. 내가 설령 800이 있더라도 자네에겐 주지 않을 거야."

남자가 입술을 깨물었다.

"좋아, 600 주면 통과시켜줄게. 이게 내가 할 수 있는 마지막 제안이야."

"아무튼 고마웠네."

"그래, 그럼 어디 빙 돌아서 가보시지. 최소 사나흘은 더 걸릴걸? 미안하지만 더 싸게는 못 해줘. 내가 깎아줬다는 말이 돌면…."

남자가 손가락을 이마에 대고는 빈정거림이 섞인 경례를 했다. 그리고 곧장 배를 돌려 쓰레기 같은 자기 섬으로 돌아갔다.

"사기꾼 같으니." 할머니가 중얼거렸다. "저 인간이 여행자들을 등쳐먹으려고 군부대에서 남는 어뢰를 사다가 여기에 어뢰밭을 만들었대도 놀랄 일은 아니지. 아무래도 우린 배를 돌려서 먼 길로 돌아가야겠구나."

그러고는 하늘지도를 보기 위해 이동하던 할머니가 갑자기 걸음을 멈췄다.

"아니면 할 수 있을지도 모르지. 만약 네가…."

알랭한테 한 말이었다. 할머니는 알랭을 쳐다보고 있었다.

"배 몰아본 적 있니?"

"네."

"배로 어뢰밭을 통과해본 적도 있어?"

"몇 번요."

"해봤다는 거지? 그래서 성공했어?"

"여기에 제가 있다는 것 자체가 그 증거죠."

"좋아…" 할머니가 경우의 수를 따지기 시작했다. "우리가 어뢰를 한 개 치면 어떻게 되지? 그럼 배가 가라앉을까?"

"꼭 그렇진 않아요. 연쇄반응이 일어나 같이 폭발할 수도 있지만, 약간 다치는 걸로 끝날 수도 있어요."

"다친다는 건 어느 정도를 말하는 거니?"

"팔, 다리, 가슴… 머리와 목…."

"아, 그럼 아주 심각한 건 아니네."

알랭은 놀란 듯한 표정이었지만 더 이상 말하진 않았다.

"다들 어떻게 생각하니?" 할머니가 물었다.

"저는 알랭을 믿어요." 젬마 누나가 말했다.(내가 전에도 말했듯이 이건 아주 당연한 반응이었다.)

"해보는 게 좋을 것 같아요." 안젤리카도 동의했다.

나는 안젤리카가 그렇게 말하리라는 걸 알고 있었다. 안젤리카의 쥐 사냥 이야기를 떠올려보면 이깟 어뢰 몇 개쯤은 아무것도 아닐 테니까.

"마틴, 넌?"

"그게…."

나는 배를 돌려서 먼 길로 돌아가고 싶었다. 하지만 겁이 난다고 말하는 게 겁이 났다. 무엇보다 창피했다. 그래서 결국 이렇게 말할 수밖에 없었다.

"저도 괜찮아요."

"좋았어. 알랭, 방향타를 잡아."

할머니가 즉시 알랭한테 자리를 내주며 방향타를 넘겼다.

"그럼 출발하기 전에 다들 빗자루나 장대 같은 걸 챙겨 들고 부드러운 천으로 끝을 감싸주세요. 만약 어뢰가 너무 가까이 오면 아주 부드럽게 밀어내야 해요. 어떤 경우에도 절대 만지면 안 돼요. 폭발할 수도 있으니까. 알았죠?"

"다 알아들은 것 같구나." 할머니가 대답했다.

"좋아요. 그럼 이제 태양전지판을 열게요."

알랭이 전지판을 열자 배가 움직이기 시작했다.

근처 섬에서 금니를 한 사내가 시끄럽게 떠드는 소리가 들렸다.

"다들 죽고 말 거야. 저런 미친…!"

하지만 할머니가 입 다물라고 소리 지르자 남자는 잠잠해졌다.

이윽고 배가 어뢰밭을 향해 나아가기 시작했다.

문제는 어뢰들이 가만히 있질 않는다는 것이었다. 아주 작은 기류의 변화에도 어뢰는 순식간에 다른 곳으로 이동해버렸다. 그리고 당장 눈앞에 어뢰가 없어도 갑자기 어뢰가 나타나 길을 막았다. 그러면 우리는 곧바로 방향을 바꾸거나 하강해야 했다.

"좌현으로 하나 오고 있어, 마틴."

내가 맡은 구역으로 어뢰가 다가왔고, 나는 그걸 빗자루로 밀어냈다.

"그렇게 세게 하면 안 돼!"

어뢰가 옆으로 비켜났지만 가속도가 붙어서 100미터쯤 떨어진 다른 어뢰에 가 부딪혔다.

"머리 숙여!"

알랭의 경고와 동시에 폭발이 일어났고, 금속 파편들이 날아와 배의 이곳저곳에 박혔다.

"다친 사람 있니?" 할머니가 물었다. 다행히 다친 사람은 없었다. "다음엔 너무 신나서 치면 안 된다는 거 알겠지, 마틴?"

나는 배를 돌려 돌아가자고 말하고 싶었다. 하지만 어뢰들이 우리 뒤에 너무 가까이 있어서 이제 돌아가는 건 어뢰들 사이를 뚫고 나가는 것만큼이나, 아니 그보다 더 위험해 보였다.

알랭이 방향타를 잡고 배를 위아래로 움직였다. 어뢰들이 우리를 지나쳐 흘러갔다.

"정말 하늘해파리처럼 생겼다." 누나가 말했다.

"맞아, 일부러 그렇게 만든 거야." 알랭이 말했다.

혹시 알랭과 해방계몽군도 예전에 어뢰를 뿌려놓은 적이 있지 않을까? 갑자기 그런 생각이 들었다. 지금 우리를 둘러싼 어뢰들 중 일부가 그때 그들이 뿌려놓은 것일 수도 있지 않을까?

"저기 좀 봐봐."

안젤리카가 오른쪽을 가리켰다. 어뢰밭 바깥에서 하늘고래들이 꼬리를 흔들며 우리 쪽으로 다가오고 있었다.

"하늘고래 아냐?"

"맞아. 너, 저 고래들이 뭘 먹는지 아니?"

"하늘고기."

"맞아. 특히 하늘해파리를 먹지."

"이럴 수가…."

하늘고래는 모두 여섯 마리였다. 그들은 지느러미를 움직여서 그리 어렵지 않게 어뢰들 사이를 지나쳤다. 문제는 배가 고파진 대장 고래가 어뢰들을 하늘해파리로 착각하고 꿀꺽 삼키면서 벌어졌다.

"안 돼… 안 되는데…."

알랭이 어뢰들이 많은 쪽으로 방향타를 조종해서 피해보려 했지만 고래들은 계속 우리를 향해 다가왔다. 그러다 눈 깜짝할 사이에 대장 고래가 터져버렸고, 그 살점들이 마치 비처럼 우리 배에 떨어졌다.

"윽, 징그러워."

"내 샌들에도 묻었어!"

"젬마, 지금 샌들을 걱정할 때가 아니잖니." 할머니가 말했다.

"그래도… 너무 역겨운데…."

우리 주변에 펼쳐진 광경은 영 보기 좋은 모습이 아니었다. 안젤리카가 미친 듯이 안경을 닦는 게 보였다. 안젤리카도 고래 살점을 맞은 모양이었다.

하지만 다른 고래들은 대장이 사라진 것도 모르는 듯 유유히 어뢰밭 사이를 헤엄쳐 나아갔다.

우리는 고래들이 헤쳐놓은 어뢰밭 한가운데를 지나 반대쪽으로 빠져나갔다.

"우현이야. 세 개가 오고 있어!"

나는 서둘러 우현으로 가서 빗자루로 이번에는 아주 조심스럽게 어뢰들을 밀어냈다. 다행히 폭발은 없었다.

그렇게 한 시간쯤 흘렀을까, 마침내 우리는 무사히 어뢰밭을 통과했다.

저 어뢰들은 우리가 오랜 시간 잊고 있었던, 섬들 간에 일어났던 전쟁을 암울하게 상기시켜줬다. 전쟁이 끝났는데도 어뢰들은 여전히 자기들만의 전쟁을 치르면서 무고한 여행자들에게 해코지를 하고 있었다.

"할머니는 뭣 때문에 일어난 전쟁인지 아세요?"

"내가 아는 건 전쟁은 언제 어디서든 일어날 수 있다는 것뿐이란다. 다들 그 전쟁이 얼마나 끔찍했는지에 대해 말하고, 그걸 통해 배움을 얻어야 한다고 소리 높이지. 하지만 거기서 얻은 교훈은 아무것도 없다는 듯이 또 다른 전쟁을 벌이고 말거든."

"그 사람들은 메트로 아일랜드에서 교육을 받지 못했나 보네요."

할머니가 고개를 저었다.

"전쟁과 교육은 너희가 생각하는 것과는 또 다르단다. 교육을 받을수록 전쟁을 더 잘하게 되거든. 그래서 더 안타까운 거지. 네가 생각했을 때 멍청한 사람들만 전쟁을 일으키는 것 같니? 장군, 총사령관, 지휘관들은 전부 교육을 받은 사람들이야. 전문적으로 싸우는 사람이 되기 위해 얼마나 긴 시간 훈련을 받아야 하는지 아니? 난 교육이 반드시 평화를 가져다줄 거라고 보진 않아."

그때 알랭이 끼어들었다.

"할머니, 다시 조종하시겠어요?"

우리는 잠시 알랭을 잊고 있었다. 알랭한테 고맙다는 말조차 하지 못하고 있었다.

알랭은 굉장히 피곤해 보였다. 온몸이 고래 살점으로 뒤덮여서 엉망이 되었고 냄새도 장난이 아니었다. 하긴 하늘에서 고래가 폭발했는데 그럴 수밖에.

그래서 그때 마침 휴게소 표지판을 발견한 것은 천만다행인 일이었다. 우리 배에서는 제대로 된 샤워나 빨래가 불가능하기 때문이다.

이 드넓은 하늘에서 휴게소란 마치 태양 속 신기루와도 같은 것이다. 하지만 우리 앞에 바로 그게 나타났다. 열 대 이상의 배들이 부두에 정박해 있었다.

인터 아일랜드 모텔 & 휴게소.

주인: J. P. 프로크루스테스. 식사, 숙박, 샤워, 빨래 가능.

나는 곧장 조르기에 돌입했다.

"할머니, 저기 봐요! 저기 들러서 샤워도 하고 다른 것도 좀 먹으면 안 돼요? 그리고 제대로 된 침대에서 잘 수 있잖아요? 그럼 안 될까요? 샤워를 할 수 있으면 정말 좋겠어요."

"객실 이용료가 보이니? 눈이 좋지 않아 잘 안 보이는구나."

"객실당 8국제통화라고 적혀 있어요. 하지만 방은 같이 쓰면 되잖아요. 그리고 식사도 할 수 있어요. 하늘고기 말고 다른 음식으로 말이에요. 우리, 그럴 돈 있어요? 저기 가도 돼요?"

"글쎄다⋯."

"그리고 저긴 너무너무 괜찮아 보여요. 그렇지 않으면 배들이 저렇게 많이 있지 않겠죠, 그죠?"

"그런 것 같구나. 인기가 많아 보이네. 하지만 이 구역에선 딱히 다른 선택의 여지가 없는걸. 이 넓디넓은 하늘에서 본 유일한 모텔이잖니."

"그럼 저기 가도 되는 거죠, 그죠?"

"따뜻한 물로 샤워하고 옷도 빨면 좋긴 하지⋯."

다른 사람들은 아무 말도 하지 않았지만, 그들 역시 마음 놓고 샤워를 즐기고 싶어 하는 눈치였다.

"다른 배들도 많은 걸 보면 분명 좋은 곳일 거예요."

나는 이렇게 굳히기에 들어갔고, 결국 할머니도 동의했다.

하지만 단순히 사람이 많은 곳이라고 해서 그곳이 분명 좋은 곳일 거라는 생각은 잘못된 것이었다. 심각하게 잘못된 생각이었다. 결정은 침착하게 천천히 내려야 한다. 무작정 빠르게 결정해 버리면 안 된다. 그때의 난 그걸 몰랐다.

우리는 얼마 지나지 않아 보이는 게 전부가 아닐 수 있다는 것을 알게 되었다.

14

인터 아일랜드 모텔 & 휴게소

이번에는 젬마의 이야기

이 모든 건 또 한 번 입을 가볍게 놀린 마틴 때문이었다.

마틴은 원래부터 돌다리도 두드려보고 건너는 성격이 아닌데, 이번에도 그러고 말았다. 그렇다고 마틴이 제안한 게 모두 실패했다는 말은 아니다. 내가 이렇게 말하는 건 몇 가지 대표적인 일이 있었기 때문이다. 한번은 이랬다. "누나, 우리 이 절벽에서 뛰어내려보자. 나도 하늘수영 할 줄 아니까 이 정도는 괜찮을 거야!" 우리 둘은 하마터면 목숨을 잃을 뻔했다. 마틴은 죽은 하늘바다코끼리처럼 팔다리를 휘적거리며 겨우겨우 떠 있었고, 나는 마틴이 추락하지 않도록 부축해서 간신히 육지로 데리고 돌아왔다. 하지만 이 일을 페기 할머니한테 말하진 않았다.

그리고 솔직히 말해서 모텔 때문만은 아니었다. 우리가 운 나쁘게 쥐 가죽 벗기는 남자를 만나 그의 딸인 주근깨쟁이(나는 그 애를 주근깨쟁이라고 생각하지만 속으로만 이렇게 불렀다)를 데려온 후부터 마틴은 종종 내 신경을 건드렸다. 안젤리카한테 악감정이 있는 건 아니다. 안젤리카는 굉장히 다정하고 좋은 아이다. 문제는 사랑에 빠진 저 녀석이다.

마틴은 어릴 때부터 나를 제외하고 여자애라곤 만나본 적이 없기 때문에 지금 이 상황이 신기하기만 할 것이다. 하지만 이렇게까지 침을 질질 흘리리라곤 생각도 못했다. 주근깨쟁이와 있을 때 마틴은 밥그릇을 바라보고 있는 하늘고양이 버찌와 구분이 안 갈 정도다. 어쩌면 버찌가 녀석보다 침을 덜 흘릴 것이다.

배 안에서 마틴은 안젤리카만 졸졸 따라다녔다. 안젤리카가 마틴한테 줄이라도 매어놓은 것처럼 말이다. "안젤리카, 우리 같이 요리할까?" 또는 "안젤리카, 우리 자지 말고 같이 망보자." 최악은 이거였다. "안젤리카, 쥐 사냥 이야기 더 해줄 거 없어?"

불쌍한 안젤리카는 쥐 사냥 이야기로 마틴을 기쁘게 해주기 위해 머리를 쥐어짜야만 했다. 그리고 날이 갈수록 이야기들은 기상천외하고 터무니없어졌다. 마틴만 빼고 다 눈치챘다. 하지만 마틴은 그 해괴한 이야기들을 꿀떡꿀떡 잘도 받아먹었다. 안젤리카가 마틴을 위해 이야기를 지어내고 있다는 걸 알기에 나는 한편으로는 미안한 마음이 들었다. 한번은 안젤리카가 하늘쥐한테 통째로 잡아먹혀서 아빠가 하늘쥐 목구멍에 손을 쑤셔 넣어 꺼내 줬다는 이야기를 했는데, 나는 아무리 명청한 마틴이어도 그 이야기만큼은 믿지 않을 거라고 생각했다. 하지만 아니었다. 마틴은 그저 고개를 끄덕거리기만 했다. 마치 그 이야기가 〈하늘섬 사람들의 역사〉 책에 나오는 역사적 사실인 듯 말이다.

그러던 어느 날, 마침내 안젤리카가 하나만 더 이야기해달라고 조르는 마틴한테 마침표를 찍어줬다.

"이제 쥐 사냥 이야기는 정말 다 해준 것 같아, 마틴."

"해주지 않은 게 하나 정도는 더 있지 않을까?"

하지만 안젤리카는 거짓말을 지어내야 하는 창작의 고통으로 무척 피곤해 보였다.(작가들이 글을 쓰는 데 어려움을 겪는 것과 같은 이치일 것이다. 페기 할머니가 말하길, 거짓말쟁이와 작가는 거의 비슷하다고 했다.) 아무튼 분명한 것은 안젤리카가 더 이상 쥐 사냥 이야기를 하고 싶지 않다는 것이었다.

"없어. 미안해, 마틴. 그런데 넌 왜 너에 관한 이야기나 페기 할머니 섬에서 살았을 때 이야기를 해주지 않는 거야?"

"아무 일도 없었으니까."

그래서 내가 끼어들었다.

"야만용에 대해 말해줘. 너, 야만용들한테 잡혀서 팔려 갈 뻔했잖아."

"야만용들이 널 납치하려고 했었어?"

안경 너머로 안젤리카의 눈이 커졌다. 어떨 때 보면 안젤리카는 콩알처럼 귀여웠다.

"그렇게 흥미로운 일은 아니야." 마틴이 시큰둥하게 대답했다.

"그래도 말해줘."

결국 마틴은 안젤리카한테 그 이야기를 해줬다. 그렇게 하나의 이야기가 또 다른 이야기로 이어졌고, 마틴의 이야기를 듣다 보니 문명에서 그렇게 멀리 떨어진 조그만 섬에서도 그런 흥미로운 삶을 살 수 있다는 걸 깨닫게 되었다. 말로 이야기를 듣다 보니 심지어 멋지게 들리기까지 했다.

아무튼 우리는 그곳으로 향했다. 인터 아일랜드 모텔 & 휴게소. 주인: J. P. 프로크루스테스. 밥공기와 젓가락, 침대 그리고 물줄기 쏟아지는 샤워기 그림이 흑백으로 걸려 있었다. 덕분에 글을 읽지 못하는 사람들도 이곳이 몸을 씻고 편히 잠들 곳이 필요한 지친 여행자들을 위한 곳임을 알 수 있었다.

"난 햄버거 먹을래요." 마틴이 말했다.

"저곳엔 햄버거가 없단다." 할머니가 말했다.

"있어요. 저기 그림에 있는걸요."

"저게 햄버거니? 난 배를 묶는 윈치인 줄 알았는데."

"하하." 마틴이 웃었다.

"햄버거가 뭐예요?" 알랭이 물었다.

세상은 그런 법이다. 모든 걸 다 아는 사람은 없다. 경험이 전부는 아닌 것이다.

우리는 다른 배들 사이에 우리 배를 묶었다.

"저기 좀 봐요. 사람들이 엄청나게 많아요."

마치 자기 말이 맞다는 걸 뽐내고 확인받고 싶어 안달이라도 난 듯 마틴이 또 한 번 말했다.

"또 그 소리." 내가 말했다.

"햄버거 냄새 나지?"

"아니."

"난 냄새만 맡아도 알 수 있어."

"꿈에서나 맡겠지."

우리는 다리를 건너 섬으로 들어갔다. 그리고 곧장 모텔 프런트로 향했다. 정박한 배가 저리도 많은 것치고 사람은 별로 없어 보였다. 아니, 아예 없어 보였다.

"다들 어디 있는 걸까?"

"방에서 자겠지."

"그럼 운영은 누가 해?"

"벨 눌러보렴."

"남은 방이 있을까요? 객실이 가득 찬 것 같은데."

"젬마, 벨을 다시 눌러보렴."

"제가 할게요!"

"마틴, 때려 부수지 말고 눌러야지."

"누나나 진정해. 세게 안 쳤거든. 그렇지, 안젤리카?"

"내가 보기에도 세게 치진 않았던 것 같아."

나는 순간 토할 뻔했다.

"누가 오고 있니?"

"지금 와요."

프런트 너머로 여자가 나타났다. 그녀는 위협적으로 생겼고, 건장한 팔에는 하트를 찌르고 있는 칼과 똬리를 튼 뱀 문신이 새겨져 있었다. 그래도 손님 응대는 그럭저럭 친절한 편이었다.

"어서들 오세요."

"안녕하세요." 할머니가 인사했다.

"무슨 일로 오셨나요?"

"하룻밤 묵으면서 빨래와 샤워도 하고 식사도 하려는데, 혹시 방 있나요?"

여자가 열쇠가 잔뜩 걸린 열쇠 보관함을 가리켰다.

"마음대로 고르시죠."

"다행이네요. 만실일 거라 생각했는데."

"왜 그럴 거라 생각하셨죠?"

"부두에 배들이 잔뜩 묶여 있어서요."

"아, 그 배들요? 아니에요, 만실 아닙니다. 방 몇 개 필요하신가요?"

"남자애들끼리 한 방, 여자애들끼리 한 방에 내 방도 필요하겠군요."

"방 세 개에 하룻밤이면 24국제통화입니다. 현금으로 선불 계산입니다."

할머니가 지갑을 꺼냈다.

"여기 세탁실 있나요?"

"저기 끝에 있어요."

"샤워장은요?"

"방 안에 있어요. 식사도 필요하신가요?"

"그럴 것 같군요."

"고기나 생선 중 어떤 걸로 하시겠어요? 고기는 냉동실에서 꺼내 해동해야 하니 미리 말씀해주세요. 생선은 생물이에요."

"햄버거도 있나요?"

"물론이지, 꼬맹이. 널 위해 냉동실에서 고기를 꺼내놓으마."

할머니가 돈을 지불하자 여자가 열쇠를 건넸다.

"짐 가방은 혼자 드실 수 있어요? 짐이 많아 보이진 않지만 프로크루스테스 씨한테 옮겨놓으라고 할까요?"

"우리가 들 수 있어요."

"멀리 가는 길인가요?"

"메트로 아일랜드에 가는 중이랍니다."

"그렇군요. 메트로 아일랜드가 여러분을 기다리고 있나 봐요?"

"그런 셈이죠."

"그리고 집에도 돌아오길 기다리는 사람들이 있겠군요?"

"아니요. 딱히 그렇진 않아요."

내가 마틴의 입을 막기도 전에 마틴이 불쑥 대답해버렸다. 나는 자꾸 괴상한 질문을 해대는 저 여자가 별로 마음에 들지 않았다. 집에 우리를 기다리는 사람이 있는지는 왜 알고 싶은 걸까?

"자, 그럼 다들 편히 쉬세요." 여자가 말했다. "그럼 난 냉동실에서 고기를 꺼내놓을게요."

"그런데 고기는 어디서 나셨나요?" 할머니가 물었다. "20년 넘게 고기라곤 구경도 해본 적이 없어서요. 구세계 가축들이란 게 원체 귀하고 비싸잖아요."

"프로크루스테스 씨가 고기를 구할 수 있는 사람들을 알거든요."

"그렇군요. 그럼 우린 이제 방에 가서 씻어볼까?"

할머니가 열쇠를 받아서 우리한테 나눠줬다.

"다들 안 좋은 냄새가 나는군요." 여자가 말했다. "생선 부스러기 같은 것도 묻어 있네요."

"우리도 알아요." 할머니가 말했다. "그래서 세탁과 샤워가 필요한 거죠."

"무슨 일이 있었나요? 꼭 고래가 폭발한 것 같은 냄새가 나네요."

"그 비슷한 일이었답니다."

"그럼 가서 씻으세요. 식사는 언제 하실 건가요?"

"다들 한두 시간 뒤면 괜찮지?"

할머니의 말에 우리는 모두 고개를 끄덕였다. 그리고 각자 방으로 들어갔다.

15

프로크루스테스의 침대

계속되는 젬마의 이야기

주근깨쟁이는 정말 괜찮은 아이였다. 제대로 말해본 건 이번이 처음이지만, 안젤리카와 방을 같이 쓰는 건 썩 괜찮았다.

"내 동생이 귀찮게 굴지? 또 그러면 내가 마틴한테 말할게."

"아니. 귀찮게 하는 거 없어."

"쥐 사냥 이야기 해달라고 조르는 것도? 네가 부담을 느끼는 줄 알았는데."

"괜찮아. 신경 안 써도 돼. 사실 난 마틴이 좋거든."

세상에. 지금껏 있었던 일보다 더 놀랄 일이 있을까 싶었는데, 내 동생을 좋아하는 여자애가 나타나다니.

마틴과 알랭은 지금 건너편 방에서 무슨 이야기를 하고 있을지 궁금했다. 마틴은 분명 알랭한테 활쏘기나 어뢰밭을 향해한 이야

165

기, 군대에 끌려간 이야기를 해달라고 조르고 있을 것이다. 알랭이 솔직하게 얘기해서 언젠가 꼭 군인이 되겠다는 마틴한테 바짝 겁을 주면 좋겠다는 생각이 들었다.

"침대가 그렇게 크진 않네."

나는 내 침대에 누워봤다.

"그러게. 약간 짧아."

"바꿔달라고 할까?"

"말이라도 해보지 뭐."

"어차피 잘 때는 웅크리고 자긴 하지만."

"먼저 샤워할래?"

"아니. 먼저 해."

그래서 내가 먼저 샤워했고 그다음에 안젤리카가 샤워했다. 우리는 깨끗한 옷으로 갈아입은 뒤 더러운 옷가지들을 들고 세탁실로 갔다. 거기서 우리 일행을 만났다.

"아직까지 다른 사람은 한 명도 못 봤어." 마틴이 말했다. "그렇지, 알랭?"

"맞아. 한 명도 못 봤어."

"저 배의 주인들은 다 어디 갔을까?"

"자고 있나?"

"방들이 다 비었잖아."

"산책을 하러 갔나?"

"어쩌면. 그런데 전부 다? 게다가 이 섬은 그렇게 크지도 않잖

아. 사람이라곤 아무도 못 봤는데."

우리는 옷을 빨아서 밖에 널었다. 볕이 좋아서인지 옷은 식사를 하기로 한 시간보다 훨씬 전에 다 말랐다.

"저는 나가서 섬을 구경할래요." 마틴이 말했다. "안젤리카, 같이 갈래?"

나나 알랭한테는 묻지도 않았다.

"좋아."

그래서 둘은 같이 섬을 둘러보러 나갔다.

"저녁 먹기 전에 오렴."

할머니는 방에서 쉬고 싶어 했다. 그래서 나는 알랭과 모텔 주변을 산책했다. 우리는 건들건들 어기적거리며 걸어 다녔다. 배를 너무 오래 타서 다리가 아직 땅에 익숙하지 않아서였다. 그러다가 프런트 여자와 마주쳤다. 그녀는 절벽에 서서 하늘로 쓰레기를 버리고 있었다.

"전부 태양으로 떨어질 거야." 그녀가 말했다. "그러니까 투기는 아니지."

하지만 쓰레기 중 절반은 가벼워서 상승 기류에 날아가버렸다.

"혹시 좀 더 긴 침대로 바꿀 수 있을까요?" 나는 최대한 예의를 갖춰서 말했다. "제 침대가 약간 짧아서요."

"우리 방에 있는 침대도 그래요." 알랭이 말했다.

여자가 눈대중으로 키를 재듯 우리를 훑어봤다.

"침대가 너무 짧아?"

"약간요."

"침대 밖으로 다리가 나와?"

"조금요."

그러자 좀 전까지만 해도 뿌루퉁해 있던 여자의 얼굴에 미소가 번졌다.

"걱정 마. 내가 프로크루스테스 아저씨한테 말해서 저녁 식사 후에 들르라고 할게. 그럼 아저씨가 아주 신나서 해결해줄 거야."

"감사합니다."

"네 키에 맞는 침대가 필요한 거지?"

"가능하면요."

"아니면 네가 좀 작으면 됐을 텐데, 그렇지? 발목 하나 정도 작으면 딱 맞았겠지?"

여자가 우리 어깨를 쳤고, 우리는 그 농담에 같이 웃어보려고 노력했다. 하지만 나는 전혀 재미있지 않았다.

"이상한 아줌마야."

우리 말소리가 들리지 않을 정도로 여자가 멀어지고 난 뒤 내가 이렇게 말하자, 알랭이 고개를 끄덕였다.

"맞아. 그런데 섬사람들은 대부분 다 이상해. 구름사냥꾼이 봤을 땐 말이야."

"그런데 너 아직도 구름사냥꾼이야?"

"언제나, 영원히."

알랭이 뭐라고 말을 더 하거나 아니면 어떤 행동을 할 수도 있었을 텐데… 처음으로 우리 주변에 아무도 없이 둘뿐이었는데….

"누나! 누나! 누나! 누나!"

그래, 그럼 그렇지. 언제나 천금 같은 순간을 망치는 사람이 있기 마련이다. 수다쟁이 마틴이 전력을 다해 벼랑을 가로질러 왔다. 그리고 그 뒤로 주근깨쟁이가 소리치며 따라왔다.

"알랭! 알랭! 알랭!"

둘은 어찌나 빠르게 달려왔던지 우리한테 부딪힌 후에야 마침내 멈출 수 있었다.

"누나, 어서 가서 할머니를 데려와야 해. 여길 떠나야 해. 그러니까 할머니를 데려와. 물건도 챙기고. 지금 떠나야 해. 당장!"

"무슨 일인데 그래? 천천히 말해봐."

"여기서 당장 나가야 한다고!"

"아직 밥도 안 먹었는데." 알랭이 투덜거렸다.

"그래. 너, 햄버거 먹고 싶다며?"

"아니야!"

마틴이 거의 비명에 가까운 소리를 지르는 바람에 나는 마틴의 입을 손으로 막았다. 그러자 마틴이 내 손을 물었다.

"아야!"

"안젤리카하고 내가 냉동실 안을 봤단 말이야."

"또 무슨 참견을 하려고 그랬어?"

"주방 문이 열려 있는데 아무도 없어서 안으로 들어갔어. 냉동실 안을 구경하고 싶었거든."

"그래서?"

"안젤리카가 문 앞에서 망보고 내가 냉동실 문을 열었어."

"그랬더니?"

"배들이 저렇게나 많이 묶여 있는데 사람이 없는 게 이상했잖아."

"그게 뭐?"

마틴이 입을 움직였지만 아무 말도 나오지 않았다.

마틴이 대신 말해달라는 듯 안젤리카를 쳐다봤고, 안젤리카가 침착하게 마틴 대신 말했다.

"다 그 냉동실 안에 있었어."

그 말을 듣는 순간, 나는 세상에서 가장 멍청한 소리를 하고 말았다.

"거긴 너무 춥잖아?"

말하자마자 그게 얼마나 말도 안 되는 소리인지 깨달았다.

"춥진 않…" 안젤리카가 말을 이었다. "그러니까… 춥지만 그 사람들은 그걸 느낄 수가 없거든."

"그리고 우리가 아까 침대가 짧단 이야기를 했잖아." 마틴이 말을 이어받았다.

"그런데?"

"침대 문제를 어떻게 해결하는지 이제 알 것 같아."

"그래, 긴 침대를 주겠지. 우리가 아줌마한테 말해놨어."

"아니야, 누나. 그 아줌마는 절대 긴 침대를 주지 않을 거야. 침대에서 잘 사람을 짧게 만들겠지."

"뭔 소리야?" 나는 여전히 상황 파악을 못 하고 멍청한 소리를 했다. "사람을 짧게 만들려면 발을…."

그 순간 안젤리카와 마틴이 동시에 나를 쳐다봤다.

"그 발들이 전부 냉동실에 있단 말이야. 세보니까 발 열 쌍하고 한 쪽이 있었어. 신발들도 같이 있었고."

나는 알랭을 쳐다봤다.

"방에 활을 두고 왔는데…" 알랭이 말했다. "가자, 할머니 데리러."

알랭이 뛰기 시작했고 우리는 그 뒤를 따라갔다. 그렇게 정신없이 달려가 할머니의 방문을 두드렸고, 알랭은 자기 방으로 돌진해서 활을 가져왔다.

"백스무 살이나 먹은 할머니가 딱 5분만 낮잠 좀 자게 내버려 두면 안 되겠니?"

"할머니, 문 여세요!"

할머니가 마침내 문을 열었다.

"무슨 일이야? 나중에 말하면 안 되니?"

"할머니, 빨리 짐 싸고 신발 신으세요. 이곳을 떠나야…."

"뭐라고? 우린 이제 겨우…."

"할머니!" 마틴이 다시 소리 질렀다. "냉동실에 사람이 들어 있어요! 사람 발이요!"

"뭐라고!"

문득 뒤를 돌아보니, 복도에 프런트 여자와 종기투성이의 흉측한 얼굴에 스크루지 영감보다 천 배는 고약하게 생긴 남자가 서 있었다. 그는 눈이 하나밖에 없었고 오른손에는 큰 식칼이, 왼손에는 고기를 다지는 망치가 들려 있었다.

"누가 침대에 대해 불평했지?" 남자가 말했다.

"그게, 사실 제가…."

마틴이 입을 열었지만 나는 얼른 손으로 그 입을 막았다.

"신경 안 쓰셔도 돼요. 우린 급한 일이 생겨서 일찍 떠나기로 했거든요. 다들… 갈까, 그럼?"

"하지만 칫솔을… 두고 왔는데…."

"새로 사줄게, 마틴. 자, 다들… 가자!"

우리는 복도를 걸어 내려가서 비상구 문을 열고 달렸다.

"빨래는?"

"가져올 수 있는 것만 가져와."

우리는 빨랫줄에 널린 빨래들 중 건질 수 있는 것들만 건져서 달아났다. 알랭과 나는 할머니의 양팔을 붙잡고 할머니가 달리는 걸 도왔다.

부두에 도착해서 보니 괴물 부부가 쫓아오고 있었다.

"어서 가서 배를 풀어." 할머니가 말했다.

나는 밧줄을 풀기 위해 달려갔고, 알랭은 활시위를 당겨 남자의 오른손에 들린 식칼을 맞혔다. 남자가 괴성을 지르더니 식칼을 주워 들고는 다시 우리를 쫓아왔다. 그러는 동안 여자가 부둣가까지 내려와 폭주하는 탱크처럼 다리를 질주했다. 하지만 달리는 속도에 못 이겨 여자는 제때에 멈추질 못했고, 내가 발을 걸자 허공으로 튕겨 나갔다.

"어서 타세요!"

내가 배를 묶어두었던 밧줄을 풀자 할머니와 안젤리카, 마틴, 알랭이 차례로 배에 올라탔다.

우리 뒤로 남자가 식칼을 꼭 쥔 채 쫓아오면서 소리쳤다.

"대가를 치르게 될 거야! 꼭 치르게 해주겠어!"

"이미 치렀는걸." 할머니가 말했다. "24국제통화나 냈잖아. 잠도 못 자고 나왔는데."

남자가 치를 떨며 식칼을 내던졌다. 식칼은 빙그르르 회전하며 하늘을 가로질러 갑판에 쿵 하고 꽂혔다.

알랭이 식칼을 뽑았다. 그리고 온 힘을 다해 그 칼을 남자한테 던졌다.

나는 알랭이 일부러 그런 거라곤 생각하지 않는다. 그저 남자의 운이 안 좋았을 뿐이다. 식칼은 어디에든 꽂힐 수 있는 것이다. 그런데 하필 남자의 몸에 꽂히고 말았다.

"마틴, 안젤리카… 보지 마."

할머니가 그렇게 말했지만, 둘은 이미 보고 있었다.

"다시는 모텔 안 갈래." 마틴이 말했다. "안젤리카, 넌 어때?"

16

미확인 항해 물체

젬마의 이야기(계속)

우리의 항해는 계속되었다. 갈 곳이 정해져 있는데 달리 할 게
뭐가 있을까? 도착할 때까지 가고 또 갈 수밖에 없는 것이다.

나는 배를 타고 여행하는 게 좋았지만 그 목적지가 메트로 아
일랜드라는 것에 대해서는 마음이 복잡했다. 내가 메트로 아일랜
드를 좋아할지, 안 좋아할지 모르는 일이었다. 그리고 페기 할머
니는 어떻게 되는 걸까? 정말 할머니는 우리를 메트로 아일랜드
에 데려다주고 배를 돌려 집까지 혼자 항해할 생각인 걸까?

그러는 동안에도 우리는 반복적인 일과를 수행해야 했다. 차례
대로 식사와 청소, 망보기를 했고, 또 배 조종과 하늘지도 읽기를
익히기도 했다. 다들 언젠가는 혼자서 이 세계를 돌아다니게 될
테니 미리 길을 알아두고 좋은 징조와 불길한 조짐을 읽는 방법

을 연습하면 큰 도움이 될 것이다.

어느 날 밤, 나는 뱃머리에 서서 망을 보고 있었고 다른 사람들은 자고 있었다. 그런데 갑자기 숨이 막힐 듯 흐느껴 우는 소리가 들렸다. 무슨 일인지 보려고 다가가 보니 안젤리카가 침낭을 꽁꽁 싸매고 숨었다.

"안젤리카… 괜찮아?"

안젤리카가 침낭 밖으로 모습을 드러내기까지 한참이 걸렸다.

"나, 집이 그리워. 섬도 그립고 아빠도 보고 싶어. 멍청한 생각이라고 하겠지만, 하늘쥐들도 그리워."

나는 자리에 앉아 안젤리카를 안아줬다. 안젤리카는 떨고 있었다. 하지만 추위 때문은 아니었다.

"나도 집이 그리운걸. 집이라고 해봤자 풀이 듬성듬성 난 돌덩어리 섬일 뿐인데도 말이야. 그곳을 생각하면 이가 시린 것처럼 마음이 시려."

"큰 섬에 가서 학교 다니고 싶긴 하지만….."

"알아."

"그냥 다 보고 싶어."

"나도 알아. 다들 그래. 우리 모두 보고 싶고 그리운 사람이 있거든."

안젤리카가 울음을 멈추고 눈가를 훔쳤다.

"언니도 아빠가 보고 싶어?"

"그럼! 보고 싶지. 난 아빠, 엄마를 제대로 알 기회가 없었어.

부모님을 잃었을 때 우린 굉장히 어렸거든. 그래서 부모님에 대한 기억도 거의 없고 얼굴도 잘 안 떠올라."

그때 안젤리카의 침낭 속에서 다른 뭔가가 모습을 드러냈다. 바로 뚱뚱한 버찌의 얼굴이었다.

"여기가 바로 버찌가 자는 곳이구나."

"응. 보통 내 옆에서 자. 난 상관없어."

"잘됐네. 네가 버찌 외롭지 않게 해주면 되겠다."

"내 생각도 그래. 언니…."

"응?"

"잘 알지도 못하는 사람인데 왜 보고 싶어?"

"그건 일종의 구멍 같은 거야, 안젤리카. 그 무엇으로도 막을 수 없는 커다란 구멍이 내 안에 있는 것 같아. 다른 사람들이 아무리 친절하고 다정하게 대해준다 해도 소용없어. 그 구멍은 여전히 그대로 남아 있거든. 그렇다고 늘 그 생각만 하는 건 아니야. 항상 슬픈 건 아니거든. 그냥 내 안에 구멍이 있는 걸 느끼면서 그대로 사는 거야. 구멍이 없는 사람들은 이런 느낌을 제대로 이해할 수 없어… 하지만 구멍이 있는 사람은 알아볼 수 있지…."

"우리처럼! 우린 통하는 게 있잖아. 그렇지?"

"그래. 우리처럼 말이야. 아마 마음에 구멍이 난 사람들끼리 갖는 비밀 모임도 있을 거야."

"그럼 마틴도 함께 모여야겠네."

뜻밖의 말에 귀가 번쩍 뜨였다.

"정말? 마틴도?"

"응. 마틴도 엄마, 아빠를 굉장히 보고 싶어 해."

물론 마틴도 그럴 것이다. 우리는 남매이긴 하지만 이런 이야기는 서로 해본 적이 없었다.

"마틴이 말해줬어. 그래서 나도 이해한다고 했고."

"잘했어, 안젤리카."

"언니도 슬플 땐 나한테 털어놔도 돼."

"고마워. 그래볼게. 이제 다시 잘 거지?"

"응. 이제 자보려고."

"그래. 그럼 잘 자."

"잘 시간인데 어두워지진 않네."

"안대를 끼면 괜찮을 거야."

"그럴게."

나는 다시 한 번 안젤리카를 안아준 뒤 자리를 떴다. 안젤리카는 정말로 괜찮은 아이다. 그리고 조금이나마 다른 누군가를 위로해줄 수 있다는 건 기분이 썩 괜찮은 일이다. 하지만 어쩌면 누군가에게 도움이 되고 필요한 존재라고 느낌으로써 사실은 나 스스로가 위로를 받는 걸지도 모르겠다.

나는 조타실로 가서 지도와 자동 항법 장치를 확인한 후 망을 봤다. 내 다음 차례는 알랭이었고, 나는 누워서 잠을 청했다. 내가 다시 깼을 때는 이미 모두 일어나서 부산히 움직이고 있었다.

정면으로는 하늘게를 잡는 사람들이 보였다. 우리가 지나가자 그들이 손을 흔들었다. 그리고 한동안은 계속해서 텅 빈 하늘을 항해했다.

갑판 맞은편에서 마틴의 목소리가 들렸다.

"할머니! 저게 뭐예요?"

저 위에서 여태껏 본 적 없는 기상천외한 배 한 척이 우리를 향해 불안하게 내려오고 있었다. 기다란 원통 모양이었는데 구멍이라곤 하나도 없었다. 그 배는 마치 눈을 가린 채 날아다니는 것 같았고, 그 안에 누가 있는지 보이지 않았다.

"할머니, 저게 뭔지 아세요? 저런 거 본 적 있으세요?"

"그림으로는 본 적이 있지."

"저게 뭔데요?"

"옛날에는 잠수함이라고 불렀단다."

"저건 USO라는 거야." 알랭이 말했다. "실제로 볼 거라곤 생각도 못했는데, USO를 실제로 볼 줄이야."

"USO가 뭔데?"

"미확인 항해 물체(Unidentified Sailing Object)." 안젤리카가 대신 답했다. "우리 아빠는 저거 많이 봤어."

"그래, 벤 영감도 그러더구나. 특히 자기가 만든 술을 마신 후엔 말이지."

"어디서 온 건데?" 이번에는 내가 물었다. "그리고 여기서 뭘 하는 걸까?"

그 물체는 우리를 향해 천천히 다가오고 있었다.

"어디로 가고 있는지 보이긴 하나? 눈이 어디에 달려 있는 거야?"

내가 이 말을 하자마자 지붕의 한 부분이 열리면서 회전 파이프가 튀어나왔다. 파이프 끝에는 반짝이는 유리가 달려 있었고, 빙글빙글 돌다가 우리 쪽을 가리켰다. 그리고 멈췄다.

"저 안에 사람들이 있는 거예요?" 마틴이 물었다. "아니면 스스로 작동하는 건가요?"

"안에 누군가가 있겠지." 할머니가 말했다. "우리 같은 인간인지 어떤지는 모르겠지만."

"그럼 저들은 어디서 온 걸까요?"

"아마 저 위에서 왔을 거야."

할머니가 위쪽 대기층에 있는 머나먼 섬들을 가리켰다.

"저들이 여기까지 내려온다고요? 왜요?"

"과학 조사 차원이지."

"그러니까 저 위에 외계인이 산다는 거예요?"

"그렇게 부를 수도 있겠구나."

"그럼 외계 하늘배네요?"

"어떻게 보면 그럴 수도 있지."

"우릴 납치하거나 하진 않겠죠?"

"그건 아닐 거야."

"그럼 저들은 왜 저렇게 숨어 있는 거예요?"

"이곳의 대기와 열기가 저들을 죽일 수도 있기 때문이지." 할머니가 설명했다. "우린 저들이 사는 곳에서 살 수 없단다. 마찬가지로 저들도 우리가 사는 곳에선 못 살지."

"손을 흔들어볼까요?"

"조심해야 돼." 알랭이 말했다. "저들에겐 손을 흔드는 게 굉장히 무례하고 도발적인 행위일 수도 있잖아. 어쩌면 전쟁을 선포한다는 뜻이 될 수도 있어."

"그럼 내가 한번 실험해볼게. 해보면 알겠지."

마틴이 손을 흔들자 렌즈가 우리를 쳐다봤고, 곧 잠수함의 앞부분이 기울어졌다. 그러더니 밑으로 깊숙이 내려가기 시작했다.

"잠수를 하려나 봐! 나도 저 밑으로 내려가보고 싶다. 안 그래? 저 아래를 탐험해보고 싶지 않아?"

"마틴, 아직 우리가 사는 이 세계도 다 못 봤잖아. 저렇게 깊은 곳은 포기해."

"내가 한번은 못생긴 하늘고기를 잡은 적이 있거든. 2킬로미터나 되는 줄로 말이야. 그 줄을 끝까지 잡아당겼더니 얼굴이 혹처럼 생긴 하늘고기가 달려 있었어. 그렇죠, 할머니?"

"그래, 미인 대회에 나갈 상은 아니더구나."

"우리 같은 인간들은 믿을 수 없을 거야. 우리 피부보다 열 배는 두껍거든. 햇볕 손상을 막으려고 말이야."

"그래서 그 하늘고기를 어떻게 했어?" 알랭이 물었다. "도로 던져서 살려줬어?"

"할 수 있으면 그랬을 텐데 이미 죽어 있었어."

"네 얼굴 보고 놀라서 죽었나 보다." 내가 끼어들었다.

"아니, 나 말고 여기 있는 누구의 얼굴을 보고…" 마틴이 대놓고 나를 쳐다보며 말했다.

"너무 추워서 그런 거야. 공기가 옅어서." 할머니가 말했다.

"그래도 잘 보내줬어." 마틴이 말했다.

우리가 그렇게 티격태격하는 사이, 잠수함이 선회하더니 잘 보이지 않는 곳까지 내려가버렸다. 잠수함은 이제 태양의 열기를 향해 날아가는 또 하나의 점이 되었다.

"할머니…."

"지금은 말고, 마틴."

"그게 아니라…."

"조종해야 해."

"그게 아니라, 저게 뭐예요? 네?"

"마틴, 또 뭐가 뭐라는 거니? 이번엔 뭔데?"

"저쪽 말이에요. 우리 앞에 있는 큰 섬요. 저게 뭐예요?"

우리는 깊은 하늘에서 벗어나 다시 중심 기류를 건너고 있었다. 그곳에는 큰 섬들이 줄을 지어 있었다. 마치 길가에 나란히 서 있는 집들처럼.

그중 우리와 가장 가까운 섬에서는 거대한 구조물이 햇살을 받아 반짝이고 있었다.

"할머니, 저게 뭐예요? 뭐 하는 곳이에요?"

"저건 경기장이란다."

"그게 뭐 하는 곳인데요? 거기선 뭘 해요?"

"경기를 하지."

"어떤 경기요?"

"사람들이 구경하는 경기."

"사람들이 구경하는 경기라고요? 우리도 경기를 하잖아요."

"그래, 우리도 하지. 그런데 어떤 사람들은 다른 사람들이 보고 싶어 할 정도로 경기를 아주 잘한단다."

"어떤 경기인데 저렇게 큰 곳에서 해요? 어떤 걸 하는 거예요? 알랭, 저기서 무슨 경기를 해?"

"나도 몰라. 아마 축구가 아닐까?"

"축구? 축구가 뭐예요, 할머니?"

배 너머를 쳐다보던 알랭이 몸을 바로 세우더니 마틴을 보며 믿을 수 없다는 표정을 지었다.

"진심이야? 설마 아니겠지."

"왜? 뭐가 문제인데? 내가 뭐 잘못했어?"

나와 할머니의 눈이 마주쳤다. 할머니는 한숨을 내쉬더니 몸을 돌려 방향타 쪽으로 갔고, 우리 배는 섬이 보이는 쪽을 향해 계속 나아갔다.

"자, 가서 보자꾸나. 이것도 견문을 넓히는 과정이니까. 하지만 보기만 하는 거야. 오래 있을 순 없어."

우리는 축구섬으로 향했다.(축구가 뭔지도 모르는 내가 그 섬에 붙여준 이름인데, 나중에 보니 실제로 그 섬의 이름이었다.) 다행히 때를 잘 맞춘 듯했다. 부두는 북적거렸고 길거리에도 사람들이 가득했다. 곳곳에 음악과 노랫소리가 울려 퍼졌고, 섬사람들의 절반은 빨간색으로, 나머지 절반은 파란색으로 옷을 입고 있었다.

섬사람들 모두 섬 가운데에 위치한 대형 경기장을 향해 가는 것 같았다.

"오늘 경기가 있다는 뜻일까요?"

항구로 들어갈 때 마틴이 물었다.

"그런 것 같구나."

"그럼 경기를 볼 수도 있겠네요!"

우리는 배를 밧줄로 묶고 부두로 내려가 급히 섬사람들을 따라갔다. 하지만 우리가 흥분한 군중 틈으로 끼어들자마자 사람들이 일제히 우리를 쳐다봤다. 그들 틈에서 우리 다섯 명은 눈에 쉽게 띄었다. 모두들 빨간색 아니면 파란색 옷을 입고 있었기 때문이다. 어느 쪽에도 속하지 않은 사람은 우리뿐이었다. 우리만 팀이 없었다.

17

축구섬

다시 시작된 마틴의 이야기

젬마 누나는 사람들의 시선 때문에 불편해했고, 얼른 그 자리를 벗어나고 싶어 했다. 하지만 나는 이 흥미로운 광경을 더 구경하고 싶었다. 이렇게 많은 사람들을 본 적이 없으니까.

"이 사람들은 다 어디서 나온 거예요, 할머니? 다 여기 섬사람들이에요?"

"메트로 아일랜드에 가면 생물과 번식에 대해 배우게 될 거야."

"메트로 아일랜드도 이렇게 커요?"

"더 크지."

"사람도 더 많고요?"

할머니가 웃었다.

"메트로 아일랜드에 비하면 이곳은 새 발의 피일 뿐이란다."

"난 북적거리는 게 싫어." 누나가 말했다.

"나도 그래. 한 명씩은 괜찮은데 이렇게 큰 집단은 싫어." 알랭이 동의했다.

"배로 돌아갈래."

"안 돼, 젬마." 할머니가 말했다. "딱 한 번만 둘러보자꾸나. 잠깐만 말이야. 이것도 경험이잖니."

그래서 우리는 경기장으로 향하는 빨간색과 파란색의 물결에 휩쓸려 갔다. 마치 태양조석에 휩쓸려 가는 물건들처럼 말이다.

"꼬마야, 넌 왜 티셔츠를 안 입었니? 어느 색 팀이야?" 누군가 우리한테 물었다.

"방문객들인가 보네, 그렇지?" 다른 누군가가 말했다. "어디서 왔니?"

"경기를 보러 온 거야?" 처음에 말 걸었던 남자가 다시 물었다. "하긴, 그렇겠지. 우리 축구섬은 세계적으로 유명하니까! 세계 각지에서 경기를 보러 오잖아, 안 그래?"

그들은 자기 섬에 대한 자부심이 엄청 강했다. 그래서 나는 방금 전까지만 해도 축구섬은커녕 축구란 말도 들어본 적 없다고 말할 수 없었다. 무식하게 보이고 싶진 않았다.

"파이요, 파이 사세요!"

"따뜻한 음료 있어요! 와서 따뜻한 음료 사세요. 냉장고에 차가운 음료도 있답니다."

"프로그램 책자 있어요!"

상인들도 전부 빨간색 아니면 파란색 티셔츠를 입고 있었다. 파란색 옷을 입은 손님들은 파란색 옷의 상인들에게만 갔고, 빨간색 옷을 입은 손님들은 빨간색 옷의 상인들에게만 갔다.

　"완장, 티셔츠, 열쇠고리, 깃발 있어요!"

　"우리 팀 사진 있습니다!"

　"호날두가 사인한 사진 있어요! 진품입니다!"

　"할머니, 호날두가 누구예요?"

　파란색 옷을 입은 남자가 내 말을 엿듣고는 웃기 시작했다.

　"이봐, 들었어? 저 꼬맹이는 호날두가 누군지도 몰라! 호날두를 들어본 적이 없대!"

　그러자 주변 사람들이 옷 색깔에 상관없이 모두 다 남자를 따라 웃기 시작했고, 내 얼굴이 그들의 티셔츠만큼 벌겋게 달아오를 정도로 나를 쳐다봤다. 어떤 사람들은 나를 가리키며 자기 아이들한테 이렇게 수군거리기도 했다. "멍청이도 저런 멍청이가 따로 없구나! 저 꼬마는 호날두를 모른대!"

　누군가가 할머니한테 물었다.

　"저기, 할멈이 저 애들 보호자요? 애들을 똑바로 가르치셔야지. 호날두가 누군지도 모르다니, 창피한 줄 알아야 해요."

　"맞아, 그것도 모르다니." 빨간색 티셔츠를 입은 누군가가 맞장구쳤다. "이건 메시가 누구냐고 묻는 거나 마찬가지지. 있을 수 없는 일이야."

　"메시는 또 누구예요?"

내가 그렇게 묻자 남자가 휘파람을 불었다.

"이 무슨 멍청한 소리람? 애들이 모자란 거야, 뭐야?"

"세상은 자네의 이 작은 섬보다 훨씬 크다네." 할머니가 남자한테 말했다. "자네도 자네 자식들한테 그걸 가르치는 게 좋을 거야."

하지만 남자는 저쪽에서 친구들이 노래를 부르기 시작하자 황급히 친구들과 함께 경기장으로 향했다.

"빨강 팀! 빨강 팀! 죽기 아니면 까무러치기! 우승은 빨강 팀의 것! 가자, 빨강 팀!"

그 소리가 사라지기 무섭게 주변에 있던 파란색 티셔츠를 입은 팬들이 소리쳤다.

"최강 파랑 팀! 파랑 팀 최고! 천하무적 파랑 팀!"

이제 두 팀 팬들은 동시에 구호를 외치기 시작했다. 상대편을 압도하려고 미친 듯이 악을 써댔다.

"할머니, 왜 빨강 팀 팬은 파랑 팀이 아니라 빨강 팀을 고른 거예요?"

할머니가 대답하기도 전에 지나가던 여자가 끼어들었다.

"아니, 도대체 아는 게 뭐야? 축구섬의 왼쪽은 전부 빨강 팀이고 오른쪽은 파랑 팀인 걸 모른단 말이야? 그건 이 세상 사람이라면 다 아는 거 아닌가? 믿을 수가 없군! 여태껏 이 애들을 어디다 가둬뒀던 거야?"

할머니가 화를 참으려고 머리를 흔들며 중얼거렸다.

"저런 바보하곤 싸울 가치도 없어. 자기가 모든 걸 다 안다고 생각하는 저런 인간하곤 말이지."

할머니를 화나게 한 여자는 자기 몸보다 많이 작은 파란색 티셔츠를 입고 있었다.

"저기요, 그럼 섬의 다른 쪽으로 이사 가면 팀도 바꿔야 하는 거예요?"

내가 이렇게 묻자, 여자는 충격에 빠진 것처럼 보였다.

"꼬마야, 누가 감히 그런 짓을 하겠니? 그건 최악의 배신이란다. 그런 자는 가족도 외면할 거야. 누군가 그런 짓을 저질렀다는 말은 단 한 번도 들어본 적이 없구나. 그리고 넌 왜 티셔츠를 입고 있지 않은 거지?"

"우린 티셔츠 같은 거 없어요. 잠시 들른 거거든요."

"들른 거든 아니든 제대로 옷을 갖춰 입어야지. 이건 무례한 행동이야."

이렇게 말한 뒤 여자는 자기가 뭐 대단한 사람이라도 되는 것처럼 거만한 태도로 성큼성큼 걸어갔다.

"할머니, 다들 왜 저렇게 발끈하는 거예요?" 누나가 물었다.

"글쎄… 그건 여기에 살아봐야만 알 수 있을 것 같구나."

"하지만 이 모든 게 섬의 어느 쪽에서 태어났느냐에 달려 있는 거라면, 그건 무작위적인 거잖아요. 우연에 의해서요. 안 그래요? 왜 지리적인 이유로 이렇게까지 난리를 피우는 걸까요?"

"모두가 그런 건 아닐지도 몰라. 그냥 남들이 하는 대로 대세를 따르는 사람도 있을 거야."

군중의 물결이 계속해서 우리를 이끌었고, 어느덧 높은 벽의 경기장에 가까워져 있었다.

"할머니, 돌아가고 싶어요." 안젤리카가 말했다. "여기 사람들 싫어요."

"내 손 잡으렴. 이젠 돌아갈 수가 없을 것 같구나."

할머니의 말이 옳았다. 우리는 배로 돌아갈 수 없었다. 여전히 수천 명의 사람들이 경기장을 향해 밀려오고 있었다. 앞에 개찰구가 보였다. 사람들은 두 줄로 서 있었다. 빨강 팀은 왼쪽에, 파랑 팀은 오른쪽에.

"어이, 거기, 방문객들!"

유니폼을 입은 남자가 손짓하며 우리를 불렀다.

"이리 오세요! 무리에서 떨어져 나오세요!"

우리가 그쪽으로 가니 직원인 것으로 보이는 남자가 물었다.

"어디로 가는 길인가요?"

"그냥 축구 경기가 보고 싶어서요." 내가 대답했다. "한 번도 본 적이 없거든요. 안에 들어가고 싶어요."

"그렇게 입고는 경기장에 들어갈 수 없단다. 이쪽은 파랑 팀이고 저쪽은 빨강 팀이거든. 어디에 앉고 싶니?"

"가운데 앉으면 안 되겠나?" 할머니가 물었다.

"가운데요? 가운데라는 건 없어요. 빨강 아니면 파랑이에요. 팀을 골라야 해요. 팀을 고르지 않으면 안에 들어갈 수 없어요. 그랬다간 사람들이 분노해서 폭동을 일으킬지도 몰라요."

"그렇다면… 파랑으로…."

"빨강요, 할머니!"

"그래야 할 이유라도 있니, 마틴?"

"그냥 빨강이 더 좋아 보여서요."

"빨강이든 파랑이든 난 상관없단다."

"자, 그럼 이제 티셔츠를 입어야 합니다."

"하지만 티셔츠가 없는걸요."

"따라오세요."

직원이 기둥 뒤에 있는 탈의실로 우리를 데려갔다.

"방문객들을 위해 마련해놨어요. 시에서 베푸는 호의랍니다. 자, 여기 있습니다. 경기가 끝나면 도로 갖다 놓을 수 있죠?"

직원이 곰팡내가 나는 빨간색 티셔츠를 다섯 장 건넸다.

"방문객들이 많이 오나?" 할머니가 물었다.

"약간요. 많지는 않아요. 가까이에 있는 섬들하고 거리가 좀 있거든요. 못해도 2주 정도는 배를 타야 하니, 다른 팀들이 원정 오는 경우도 거의 없어요."

"그럼 누구하고 경기를 하나?"

직원이 어리둥절한 표정을 지었다.

"누구하고 하겠어요? 빨강 팀은 파랑 팀하고 하고 파랑 팀은 빨강 팀하고 하죠."

"경기는 얼마나 자주 하나?"

"일주일에 두 번씩요. 수요일 밤, 토요일 오후 이렇게요."

"두 팀만 경기를 하는 거야? 계속해서?"

"여긴 축구섬이에요. 이게 우리 방식이라고요. 만약 그게 싫으면…"

"아니, 우린 여기가 좋네. 그냥 좀 더 알고 싶은 것뿐이야. 표는 얼마인가?"

직원은 또 한 번 당황한 기색이었다.

"얼마라뇨? 무료죠. 그냥 들어가면 됩니다. 다 세금으로 하는 거예요. 왜냐고요? 모든 경기를 관람하는 게 시민들의 의무니까요."

할머니가 티셔츠를 머리 위로 뒤집어썼다. 티셔츠를 입은 할머니의 모습은 조금 웃겼다. 하지만 무릎까지 내려올 정도로 큰 사이즈를 입은 내 꼴도 웃기긴 마찬가지일 것이다.

"이 섬에 혹시 종교가 있나?"

할머니가 묻자 직원이 눈을 가늘게 떴다.

"우리에겐 축구가 있습니다. 그게 우리가 가진 전부예요. 우리에겐 축구가 있고 서쪽 세계에서 가장 근사한 경기장이 있죠."

"그래, 이 경기장은 분명 대단한 건물이긴 하지."

할머니가 그 말에 동의하면서 높은 벽과 유명 선수들로 보이는 조각상, 주춧돌에 자리한 축구공 조각을 둘러봤다.

"세계적으로 유명한 경기장이죠." 직원이 자랑스럽다는 듯 다시 말했다.

하지만 조금 전까지만 해도 나는 이곳에 대해 전혀 들어본 적이 없었다.

"자, 저쪽에 있는 빨간색 옷을 입은 사람들을 따라가기만 하면 됩니다." 직원이 가야 할 방향을 가리켜줬다. "자리는 다 앉을 수 있을 정도로 넉넉해요. 즐거운 관람 되세요."

"고맙네. 그랬으면 좋겠구만."

우리는 빨간색 티셔츠를 입은 사람들을 따라 왼쪽으로 들어가 관람석으로 올라갔다. 과연 경기장은 거대했다. 근사한 무대와 밴드에 응원 도구를 흔드는 치어리더들도 있었다. 여기서도 상인들이 돌아다니면서 음료수와 간식, 기념품을 팔고 있었다.

우리는 자리를 찾아 앉았다. 예약석 같은 것은 없었다. 무료 관람석 중 아무 데나 골라 앉기만 하면 되는 것이었다. 어디에 앉든 경기장은 잘 보였다.

커다란 점수판에는 각종 정보와 숫자들이 적혀 있었다.

현재 이번 시즌 결과:

파랑 팀: 6승 / 빨강 팀: 6승

무승부: 6무

곧 경기장이 가득 찼고, 양 팀 팬들이 구호를 외치고 노래 부르고 깃발을 펄럭이기 시작했다. 어느 순간 보니 나도 일어나서 누군가가 준 깃발을 흔들며 구호를 따라 외치고 있었다.

정말 멋졌다. 정확하게 뭐라고 하는 건지 모르겠지만 서서 소리 지르며 깃발을 흔드니 신이 났다. 안젤리카도 따라 일어났다. 하지만 할머니와 누나, 알랭은 자리에 앉아 있었다. 심지어 기분이 좋지 않아 보였다. 나는 저 세 사람이 팀의 사기를 저하시킨다고 생각했다. 최소한 우리의 충성심을 조금이라도 보여주는 게 예의가 아닐까?

드디어 빨강 팀과 파랑 팀이 모습을 드러냈다. 각각 다른 입구에서 나왔지만 정확히 같은 시각에 경기장으로 들어왔다.

파랑 팀 팬들이 먼저 구호를 외쳤다.

"호날두! 호날두! 골! 골!"

그러자 빨강 팀 팬들이 더 큰 목소리로 구호를 외쳤다.

"메시! 메시! 우주 최강 스트라이커!"

시작 전, 가수가 경기장에 나타났고 밴드가 국가를 연주했다. 선수들이 묵념을 하는 동안, 양 팀 팬들은 일제히 일어나서 이 섬이 얼마나 멋지고 이런 곳에 산다는 게 얼마나 큰 행운인지에 대해 노래를 불렀다.

밴드와 가수가 경기장을 떠나자 각 팀은 각자의 자리에 위치했다. 심판이 동전을 던져서 공수를 결정한 뒤, 곧이어 빨강 팀의 주장이 먼저 공을 찼다. 경기가 마침내 시작된 것이다.

18

결과가 정해진 게임

계속해서 그날의 일을 회상하는 마틴

소리는 상상을 초월할 정도로 컸다. 함성, 응원, 경적, 잡담, 구호, 발 구르기, 야유, 휘파람 소리… 정말이지 환상적이었다. 빨간색과 파란색의 물결이 파도를 이루었다. 사람들이 차례대로 일어섰다가 앉자 마치 거센 너울이 이는 듯했다.

경기장에서는 들불이 번지듯 경기가 진행되었다. 선수들은 달리면서 태클을 걸었고, 고통스럽게 넘어져 끔찍한 부상을 당하기도 했다. 그러면 스펀지와 양동이를 든 사람들이 달려와 다친 선수들이 일어날 수 있도록 도와줬고, 선수들은 언제 넘어졌냐는 듯 전처럼 팔팔하게 다시 일어나 뛰었다.

충격적인 반칙과 태클이 이어졌고, 관중은 심판이 패널티를 줄 때까지 비난의 목소리를 높였다.(파랑 팀은 우리 팀보다 훨씬 야비

했다.) 또 페널티킥이 주어지면 긴장감과 흥분도 고조되었다. 우리 팀은 눈 깜짝할 사이에 1점을 따냈다. 빨강 팀 말이다. 그러자 분위기는 터질 듯했다. 만약 경기장에 지붕이 있었다면 허공으로 날아가버렸을 것이다.

잠시 후 심판이 호각을 불었고 전반전이 끝났다. 나는 벌써 전반전이 끝났다는 걸 믿을 수가 없었다. 그만큼 경기는 아주 빠르게 진행되었다.

젬마 누나는 하품을 하며 앉아 있었다. 피곤한 게 분명했다.

"멋지다. 안 그래? 재미없어? 오늘은 우리 팀이 이길 것 같아. 간식이나 먹을까?"

그런데 우리 뒤에 있던 남자가 내 말을 엿듣고선 조롱하듯 이렇게 말했다.

"어리석은 꼬맹이구나. 우린 오늘 이기지 않을 거야. 어디서 온 거냐? 바보의 섬에서 온 건가? 우리 팀은 지난번에 이겼어. 그러니까 이번엔 파랑 팀이 이길 차례야. 그다음에는 무승부를 할 차례지. 그러니까 우리는 그다음 경기까지 이기면 안 돼. 이런 기본적인 것도 모르다니, 공부 좀 해라."

나는 그 순간 소름이 돋았다. 저 남자의 말이 사실이라면 이건 전부 짜고 치는 연극일 뿐이다. 실제 경기가 아니라 그저 사람들이 그런 척하고 있는 것이다. 처음부터 결과가 정해져 있다니….

"하지만 그건 공평하지 않잖아요." 나는 남자한테 따졌다. "이게 다… 짠 거라는 건데."

남자가 어울리지도 않는 티셔츠를 입은 우리를 둘러봤다.

"다 다른 섬 사람들인가?"

"그렇다네." 할머니가 말했다.

"그렇다면 저 꼬맹이가 사람 많은 곳에서 입을 벌릴 때는 덜 떨어진 티 좀 안 나게 말하는 법을 가르치세요. 빨강 팀이 이기면 그다음에 파랑 팀이 이기는 거예요. 그다음엔 무승부고요. 아시겠어요? 이해됐죠?"

나는 이해하지 못했다.

"어떻게 끝날지 알면서도 경기를 보는 이유가 뭐예요?"

"꼬맹아, 넌 삶이 어떻게 끝날지 아는데 뭐하러 사냐? 그래도 사는 거지, 안 그래?"

나는 더 이상 경기를 보고 싶지 않았다. 이제는 무의미해져버렸다. 그냥 떠나고만 싶었다.

"어차피 결과는 세 가지 경우밖에 없어." 남자가 자신의 개똥철학(할머니 말에 따르면)을 늘어놓기 시작했다. "이기거나 지거나 동점이지. 누가 경기를 하든 결과는 이것뿐이야. 누군가는 이기고 누군가는 지지. 아니면 비기거나. 그럼 누군가는 기분 좋게 집에 갈 수 있고, 또 누군가는 실망해서 집에 가겠지. 그러다 상황이 바뀌면 그 반대가 되지. 운은 왔다가도 가고, 또다시 오기도 하는 거야. 이렇게 공평하면 즐거움은 즐거움대로 느끼고 아무 문제도 생기지 않아. 파랑 팀이 이기면 다음엔 빨강 팀이 이기고, 그다음엔 동점으로 비기고, 그럼 다들 행복해지는 거지."

"그만 가고 싶어요, 할머니. 더 이상 보고 싶지 않아요."

"꼬맹아, 경기가 끝날 때까지는 내보내주지 않아. 아픈 게 아니라면 말이지. 아니면 출산을 하거나."

"할머니?"

"시간이 얼마 안 남았으니 그냥 있자꾸나."

하지만 나는 속은 기분이 들었고 구역질이 났다. 그래서 더 이상 서서 응원하는 걸 그만뒀다.

후반전이 시작되었고 빨강 팀이 두 번째 골을 넣었다. 하지만 종료 호각을 불기 5분 전, 파랑 팀이 1점을 따냈다. 그리고 패널티킥으로 한 골을 더 넣었다. 그리고 종료 호각을 불기 30초 전, 결승 골을 넣었다. 하지만 내가 보기엔 빨강 팀의 골키퍼가 그냥 골문을 내준 것처럼 보였다. 골키퍼가 일부러 공이 오는 반대편 방향으로 몸을 던진 것만 같았다.

관중석의 파랑 팀 팬들이 광분하기 시작했고, 빨강 팀 팬들은 체념한 채 출구로 향했다.

"걱정 마. 다음엔 이길 수 있을 거야."

"그래. 아니면 그다음엔 이기겠지."

"맞아. 좋을 때나 나쁠 때나, 힘겨울 때나 풍족할 때나 변함없이 우리 팀을 응원해야지."

"그렇지. 이길 때도 있고 질 때도 있는 법이니까."

반면 파랑 팀 팬들은 아이처럼 행복해했다. 그들은 환호성을 지르면서 경기장을 돌았다. 하지만 다음 주에는 무승부가 될 테고, 그들은 기가 한풀 죽을 것이다. 그리고 그다음 주가 되면 빨강 팀이 이길 차례이므로 그들은 한없이 실망하게 될 것이다.

그 생각을 하자 이 모든 것이 부질없게만 느껴졌다.

"대체 왜 이러는 거예요, 할머니?"

"서로 말고는 경기할 상대가 없어서 그런 거겠지. 그리고 만약 저렇게 정하지 않았다면 서로 싸우고 죽이고 그랬겠지. 이렇게 번갈아 가면서 이기니까 평화를 지키고 현재 상황을 유지할 수 있는 거야. 어쨌든 그냥 경기일 뿐이니까."

"그래도 승부는 공정해야 하잖아요. 노력해서 이겨야죠. 그렇지 않으면 이게 다 무슨 소용이에요?"

"나도 잘 모르겠구나. 내가 나이는 많이 먹었지만 모든 일에 대해 정답을 알진 못해. 아니, 문제도 다 알지 못하지."

"이건 경기가 아니에요. 그냥 연기잖아요, 안 그래요? 저들은 그냥 연극을 하는 거예요. 그리고 팀이 이길 때 행복해하고 질 때 슬퍼하는 것도 모두 진짜가 아닌 가짜라고요."

하지만 파란색 티셔츠를 입은 사람들은 여전히 노래를 부르며 승리를 축하하고 있었다. 그들 중 한 명이 빨간색 티셔츠를 반납하기 위해 옷을 벗는 우리를 보더니 이렇게 말했다.

"꼬마야, 이제 최강 팀이 어딘지 알겠지? 패배를 인정하는 법도 배워야지, 안 그래?"

"파랑 팀은 오늘 이길 차례라서 이긴 것뿐이잖아요. 실력이 더 좋아서 이긴 게 아니…."

나도 모르게 이렇게 말하고 말았지만, 남자는 파란색 티셔츠 군단에 휩쓸려 저만치 가버렸다. 환호와 야유 소리도 차츰 우리로부터 멀어졌다.

우리는 직원한테 티셔츠를 돌려줬다.

"파랑 팀을 골라야 했는데, 그렇지?" 직원이 말했다.

"왜요? 뭐가 달라요? 솔직히 다를 게 없잖아요."

"다들 언제든지 또 놀러 와요. 우리 축구섬은 언제나 방문객을 환영하니까요. 다음 경기는 수요일 밤에 있어요. 멋진 경기가 될 겁니다."

직원이 들떠서 그렇게 말했지만, 나는 뭐가 멋진 경기가 될 거라는 건지 알 수가 없었다.

할머니가 웃으며 내 목에 팔을 둘렀다.

"자, 이제 배로 돌아가서 가던 길을 마저 가야지. 메트로 아일랜드로 가는 여정 자체가 교육이지. 그렇지 않니, 마틴?"

"정말 배우는 게 있긴 한 것 같아요."

"나도 그렇단다. 이 나이에도 새롭게 배울 만한 게 아직 있더구나. 그렇지 않으면 지루할 텐데 말이야. 하지만 너희들하고 있으면 그럴 리 없지. 너희들 덕분에 살아 있는 기분이 든단다. 그게 바로 어린이들의 역할이겠지? 나이 든 사람들한테 신선한 기운을 북돋워주는 것 말이야."

19

구름사냥선

계속되는 마틴의 이야기

항해를 하다 보면 늘 묘한 기분이 든다. 날은 하루하루 흘러가지만, 우리는 정해진 모습과 습관에 따라 그 시간들을 쳇바퀴 돌듯 보내고 어제 했던 일을 오늘, 내일 또 하곤 한다. 메트로 아일랜드에 가도 우리는 쳇바퀴 돌듯 하루하루를 보낼 것이다.

"마틴!"

할머니가 나를 불렀다.

"네?"

"잠시 이리 와보렴."

나는 할머니가 있는 조타실로 갔다.

"무슨 일이에요?"

"하늘지도에서 우리가 어디에 있는지 보여주겠니?"

나는 할머니한테 현재 우리의 위치를 보여줬다.

"자, 그럼 메트로 아일랜드가 어디 있고 거기까지 어떻게 갈지
도 좀 보여줘."

나는 할머니한테 메트로 아일랜드의 위치와 그곳으로 가기 위
한 경로를 보여줬다.

"젬마 누나한테 물어보실 줄 알았는데…."

"너도 길을 아는지 확인하고 싶어서 말이야."

"저도 알고 있어요."

"잘됐구나."

"왜요?"

"그리고 태양광 엔진도 사용할 줄 알지? 돛을 당기고 감아올리
는 것도, 바람이 부는 쪽으로 돌리는 것도 할 줄 아는 거지?"

"여러 번 보여주셨잖아요."

"그래. 확인 차원에서 물어본 거야."

"왜요?"

나는 슬슬 불안해지기 시작했다.

"배를 타는 사람이라면 당연히 알아야 하니까. 너도 알다시
피… 만일 무슨 일이라도 생기면… 혹시나 내가 없을 때를 대비해
서 말이야."

"하지만… 하지만 왜 할머니가 없어요?"

"그냥 기본 절차란다, 마틴."

"그렇다면 걱정 마세요. 저도 할 줄 알아요."

"그래? 연습 삼아 네가 해보렴."

"뭘… 지금요?"

"그래, 지금."

"아… 알겠어요. 그럼 할머니는 뭐 하실 거예요?"

"난 밑에 내려가 있으마. 가서 좀 누워야겠다."

"괜찮으세요?"

"물론 괜찮고말고. 약간 피곤한 것뿐이야."

"알겠어요."

"우리가 가는 방향대로만 가렴."

"네."

나는 그렇게 대답했지만 그렇게 할 수 없었다. 예기치 못한 상황이 발생하면 거기에 대응하기 위해 선장은 결단력을 발휘해야 한다.

안젤리카가 우리보다 먼저 그것을 알아챘다.

"마틴! 젬마! 알랭! 저기 좀 봐."

우리로부터 오른쪽으로 두 시간 정도 떨어진 곳에 거대한 구름층이 있었다. 윗부분은 넓고 깊었으며 2킬로미터쯤 펼쳐져 있었다. 하지만 아랫부분은 좁고 소용돌이 같았다. 구름이 회오리바람처럼 구불구불한 모양으로 사라져갔다.

"무슨 일이 일어나고 있는 거야? 뭔가가 구름을 빨아들이고 있어." 안젤리카가 말했다.

"저 구름 안에 배가 있어. 구름사냥꾼이야. 분명해. 압축기로 구름을 모으는 거야." 알랭이 말했다.

"우와, 멋지다. 저런 건 한 번도 본 적이…."

알랭이 젬마 누나의 말을 끊었다.

"방향 바꿔. 저들이 가버리기 전에 도착해야 해."

"방향을 바꾸라고? 하지만 우린 이미 늦었고 할머니가…."

하지만 내 생각에 누나는 알랭을 다시 못 볼까 봐 저 구름사냥선을 보러 가지 않길 바랐던 것 같다.

"지금 방향타를 잡은 사람은 나야. 결정은 내가 해."

"그래? 넌 나이도 가장 어리잖아."

"그게 무슨 상관이야? 단지 나이가 많다고 누나한테 권리가 더 있는 건…."

"마틴, 방향 좀 바꿔줄래? 부탁할게."

나는 이때 알랭한테 정말이지 고마웠다. 활을 꺼내 내 머리에 겨눌 수도 있었는데 말이다. 하지만 나는 이미 그렇게 하기로 마음먹은 상태였다. 어쩌면 저 배에 알랭의 부모님이 있을 수도 있으니까. 그냥 지나칠 수 없었다. 그래서 방향을 돌리고 태양전지판을 최대로 열었다. 몇 분 사이에 우리는 전속력으로 항해할 수 있었다. 휙휙 바람이 이는 소리가 귓가에 들렸다. 우리 배가 움직이는 소리였다.

"우리랑 얼마나 떨어져 있는 것 같아?"

내 말에 알랭이 눈을 가늘게 떴다.

"두 시간 정도?"

"나도 그렇게 생각했어."

내 예측이 맞아떨어져서 기분이 좋았다.

"좀 더 빨리 갈 순 없어?"

"불가능해. 이게 최대거든. 이 배는 낡았잖아. 부서질 수도 있어."

알랭이 뱃머리 난간으로 가더니 보이지 않는 압축기에 빨려 거대한 구름층이 점점 작아지는 모습을 지켜봤다.

"봐봐, 저기…."

구름의 아랫부분이 깨끗이 사라지자 구름사냥선의 모습이 드러났다. 거대한 구름은 이제 원래 크기의 절반 정도로 빠르게 줄어들었다.

알랭이 비상 조명탄을 공중에 쏘아 올렸다. 하지만 저쪽에서는 보지 못한 것 같았다. 저들은 분명 구름 모으는 일에만 열중하고 있을 것이다.

"하나 더 쏴보자."

"알랭, 이제 하나밖에 안 남았어." 누나가 말했다. "다 써버렸다가 진짜 비상 상황이 생기면 어떡해?"

"지금이 바로 진짜 비상 상황이야!"

알랭이 버럭 화를 냈다. 하지만 결국 마지막 남은 조명탄은 쏘지 않았다. 만일의 경우에 대비해 남겨두기로 한 것이다.

구름은 이제 거의 다 사라졌다. 구름 조각들의 흔적만이 남아 있을 뿐이었다. 그러다 곧 그마저도 없어졌다. 구름은 전부 압축기 안으로 빨려 들어가 물로 변했다. 그리고 구름사냥선은 이제 돛을 올리고 태양전지판을 연 뒤 상승 기류를 미끄러지듯 빠져 나가기 시작했다.

"잘도 가는군⋯."

가망이 없었다. 최대한 속도를 낸다 해도 이 배에는 저만큼 실력 좋은 항해사가 없었다.

"미안해, 알랭. 우린 저 배를 따라잡지 못할 거야⋯."

알랭도 그 배를 따라잡는 게 무의미하다는 걸 깨달았는지, 나를 향해 고개를 끄덕였다.

"어쨌든 고마워."

그 말을 남기고 알랭은 아래로 내려갔다.

잠시 후 할머니가 올라왔다.

"무슨 일이니?"

할머니는 우리가 가야 할 방향으로 가고 있지 않다는 것을 단번에 알아차렸다.

"벌써 길을 잃은 거니?"

"구름사냥선을 발견해서 우회를 해야 했어요."

"그래서 알랭이 화가 났구나."

"그 배를 따라잡을 수가 없었어요."

"방향을 다시 계산해봤니?"

"저랑 누나랑 해봤는데, 우회한 지점으로 돌아가느니 이쪽으로 가는 게 나아요."

"보여줘봐."

나는 지도를 펴 들고 할머니한테 새 경로를 보여줬다.

"이 길로 가면 위험하지 않을 것 같아요. 금단의 제도를 최대한 피할 수 있거든요. 새 경로에 위치한 섬들이라곤 이것들뿐이에요."

"아, 친절한 제도? 그쪽으로 지나가는 거니?"

"네. 뭐, 섬 이름도 괜찮아 보이고요. 친절한 제도라는 이름의 섬들을 지나는데 무슨 문제가 있겠어요?"

하지만 할머니는 그저 한숨만 지었다.

"너희는 아직 배워야 할 게 많구나. 이래서 내가 너희들을 걱정하는 거란다. 내가 잠깐 낮잠 자는 사이에 일이 복잡하게 되어버렸잖니."

20

친절한 제도

사실대로 이야기하는 젬마

마틴은 내가 구름사냥선을 따라잡지 못하길 바랐을 거라고 생각하지만, 그건 사실이 아니다. 나는 구름사냥선의 압축기가 구름을 전부 빨아들이고 사라지기 전에 우리 배가 닿길 기도했다. 나 역시 사랑하는 사람을 잃는다는 게 어떤 건지 아는데, 알랭이 저들로부터 가족 소식을 얻으려는 걸 내가 왜 막으려 하겠는가? 나는 마틴이 왜 그렇게 생각하는지 모르겠다. 나는 절대 그럴 사람이 아니다. 마틴이 아직 좀 무신경하고 모든 일을 성급하게 판단하는 나이라서 그런 것 같다.

하지만 나는 금세 이 일에 대해 까먹었다. 할머니가 다시 방향타를 잡았고, 나는 안젤리카 옆으로 가서 난간에 몸을 기댔다. 친절한 제도라고 불리는 섬이 조금씩 가까워지고 있었다. 그 섬을 보자마자 나는 모든 근심 걱정을 잊어버렸다. 여태껏 내가 본 섬 중 가장 아름다운 곳이었다. 게다가 향기도 환상적이었다. 달콤한 꽃향기가 신선한 산들바람을 타고 풍겨 왔는데, 마치 손짓하며 우리를 유혹하는 것 같았다.

"할머니, 이 사랑스러운 향기는 어디서 나는 거예요?"

"네가 생각하는 것과는 조금 다른 것에서 나는 거란다. 이건 다시마에서 나는 향기야."

"다시마요?"

"하늘풀이지. 저기 보렴. 희귀한 종류 중 하나야. 내가 알기론 이곳에서만 자라고 다른 곳에서는 발견된 적이 없어. 사람들이 잘라 가서 자기들 섬에 심어보기도 했지만 다른 곳에서는 자라지 않았어. 오직 여기서만 자라. 왜 그런지는 아무도 모른단다. 공기가 달라서이거나, 어쩌면 기후나 돌 때문에…."

그리고 풀밭이 펼쳐졌다. 아름다운 모습은 아니지만 맛있는 냄새가 났다. 숨을 들이마시면 그 냄새가 머릿속으로 들어간 듯 기분이 상쾌해졌고, 걱정거리는 멀리 사라졌다.

"할머니, 친절한 제도에 들렀다 가면 안 돼요?"

"미안하지만 안 돼."

"할머니~"

"제발요, 할머니." 안젤리카도 같이 졸랐다.

갑판으로 다시 온 알랭 역시 섬에 가보고 싶은 듯했다.

"안 돼. 시간이 없단다. 우린 이미 많은 시간을 허비했어."

"하지만 딱 한 시간만요."

"젬마 네가 말한 그 한 시간이 절대 한 시간만으로 끝나지 않을 수도 있어. 예전에도 친절한 제도에 한 시간만 머물다 가기로 한 사람들이 있었는데, 그들은 50년이 지난 지금도 그곳에 머무르고 있단다."

"그 사람들은 왜 아직도 떠나지 않고 있는 거예요?"

"언젠가는 말해주마. 하지만 지금 그 이유를 알기 위해 저 섬에 갈 수는 없어."

"하지만 할머니~"

"안 돼. 분명 안 된다고 말했어. 내가 뭐라고 했지?"

"안 된다고 했어요."

"그래."

결국 방향타를 잡은 할머니를 제외하고 우리는 갑판에 나란히 서서 친절한 제도를 그저 바라만 볼 수밖에 없었다. 절벽에는 다시마와 활짝 핀 꽃들이 수놓아져 있었고, 하늘에서 물이 똑똑 떨어지는 폭포도 있었다.

"할머니, 저 섬은 귀한 물을 낭비하는 것 같아요."

"재활용이라고 한단다. 순환시키는 거지."

나는 마치 천국을 지나쳐버리는 것처럼 아쉬운 마음이 들었다. 친절한 제도 같은 곳에 눌러앉아 행복하게 살 수도 있는데 굳이 메트로 아일랜드에는 왜 가는 걸까? 교육을 받으면 고민거리만 늘어나고 불행해지는데 말이다.

"할머니~"

"안 돼, 젬마. 이제 그만 졸라."

하지만 그렇게 되지 않았다.

"저기요! 제발! 저기 좀…."

우리는 정박해 있던 배 근처를 지나가고 있었는데, 그 배에서 누군가가 우리를 불렀다. 배 안에 있는 두 사람은 조난 신호기를 손에 들고 있었다.

"저 사람들은 또 뭐가 문제람?" 할머니가 투덜거렸다. "이렇게 자꾸 방해받다간 메트로 아일랜드에 도착했을 때쯤이면 방학을 한 다음이겠어."

"제발 우릴 도와주면 안 될까요?" 간절한 목소리가 들렸다.

"이런, 젠장." 할머니가 중얼거렸다.

"어떻게… 배를 세우실 건가요?" 나는 답을 알면서도 물었다.

"별수 있니… 저들이 원하는 게 뭔지 한번 들어나 보자꾸나. 분명 별일 아닐 거야. 하늘고양이가 침입했다든지, 뭐 그런 거겠지."

할머니가 발밑에 있던 버찌를 노려봤다. 그러자 버찌는 잰걸음으로 도망쳤다.

"이보게들, 무슨 일이신가?"

그들의 배는 신식이었는데, 윤기가 반질반질한 게 근사해 보였다. 그리고 배에 타고 있는 부부도 부유해 보였다. 돛들에는 티끌 하나 없었고 태양전지판도 새것처럼 빛이 났다.

"배가 고장이라도 났나?"

"아니요. 그게 아니라… 기다리고 있는 겁니다. 어찌해야 할지 모르겠어서요."

"무슨 일로?"

"저기 있는 섬들이…."

남자가 친절한 제도에서 가장 큰 섬을 가리켰다.

"우린 아들을 기숙학교에 보내려고 메트로 아일랜드로 가고 있었습니다. 공부를 시키러 말이죠."

"좁디좁은 하늘 세계군. 이런 우연이 있다니."

"메트로 아일랜드에 생각보다 일찍 도착할 것 같아서 여기 섬들을 지나다가 잠시 구경하기로 했는데…."

"섬에 들어갔었나?"

"네. 그냥 한 시간 정도 머무를 생각이었…."

"그렇군. 그럼 혹시 다시마를 먹었나?"

"네?"

"다시마 말이네. 저 섬에서는 다시마로 요리를 하는데, 그냥 씹어 먹기도 하고 웬만한 요리에 다 사용하지. 다시마를 먹었나?"

"아니요. 우린 아무것도 먹지 않았어요. 하지만 아들 레오가…."

"그 아이는 먹었나 보군?"

"배가 고프다고 했거든요."

"아이고, 저런."

남자가 할머니를 쳐다봤고, 남자와 같이 있는 여자는 울먹이기
시작했다.

"레오를 데리고 나올 수가 없었어요." 여자가 말했다.

"그래, 그럴 수 없었겠지."

"레오는 우리랑 같이 섬에서 나오려고 하질 않았어요. 거부만
하더군요. 이제 더 이상 아무 일도 신경 쓰지 않을 거라면서 말이
죠. 그냥 거기에만 있고 싶어 했어요."

"거기라면?"

"레오는 공원에 앉아 있어요. 자기 또래의 아이들이랑…."

"레오를 데리고 나오려 했을 때 사람들이 어떻게 하던가?"

"섬사람들이 우릴 막아섰어요. 섬사람들은 분노했어요. 그 누
구도 섬을 떠나도록 강요할 수 없다면서 말이죠. 누구나 언제든
자기가 원할 때 떠날 자유가 있지만 억지로 떠나게 할 순 없다고
했어요. 심지어 미성년자인 아이들도…."

"특히나 미성년자일 때는 말이죠. 경찰이 그렇게 말했던 거 기
억나지?" 남자가 끼어들었다.

"아이고, 항해를 시작하기 전에 국제 하늘 위험 지도도 안 보셨
나?"

할머니가 한숨을 쉬었다.

"당연히 봤죠. 그래서 피해야 할 곳들은 피했어요. 어둠의 제
도, 금단의 제도, 또…."

"거기 적힌 주의사항은 안 읽었나?"

"그게… '이 섬은 친절하다', 그렇게 쓰여 있지 않나요?"

"그래, 진짜 친절하지. 너무 친절해서 탈이랄까."

할머니가 다시 한 번 한숨을 쉬었다.

"도대체 저 섬은 뭐 하는 곳이에요? 딱 보기에도 나쁠 게 없어 보이잖아요. 무엇 때문에 위험한 거죠?"

"다시마 때문이지. 그래서 아무도 떠나려 하지 않는 걸세. 하루 종일 다시마를 씹고 밥에 넣어 먹거나 하늘고기에 곁들여 먹기도 하지."

"마약 같은 건가요?"

"그 안에 기분을 좋게 만들어주는 뭔가가 있거든. 행복하게 해 주고 그 어떤 야망이든 동기든 꺾어버리지. 그저 햇살이나 쐬면서 누워 있고 싶고 아무 일 안 하고 친구들과 노닥거리고만 싶게 만들지."

"그러면 단점은 뭔가요?"

"없네. 생각 없는 좀비로 평생을 살아도 상관없다면 말이야."

"제임스." 여자가 남편한테 말했다. "우린 레오를 학교에 데려 가는 중이었잖아. 어서 레오를 저 섬에서 데리고 나와 가던 길을 마저 가야지. 저기에 레오랑 같이 있으려는 게 아니잖아."

할머니가 부부를 딱하다는 표정으로 바라봤다.

"내가 봤을 때 자네들이 할 수 있는 건 설득밖엔 없겠군. 그게 유일한 방법이야."

"우린 몇 시간이고 레오한테 말했어요. 그랬더니 '엄마, 아빠,

긴장 좀 풀어요.' 이렇게 말하더군요."

"긴장을 풀라고?"

"그렇게 말하더라니까요. 우리도 할 수 있는 건 다 해봤어요. 하지만 아무 소용 없었죠."

"납치도 시도해봤나?"

"네. 들쳐 업고 나오려는데 레오가 발길질을 하기 시작했어요. 그 바람에 주변에 있던 사람들이 눈치채고 레오를 도왔죠. 우리한테 레오를 가만두거나 우리 둘만 섬을 떠나라고 했어요."

"그래도 자네들은 다시마를 먹지 않아서 다행이구만. 그랬다면 셋 다 그곳에서 아무 생각 없이 행복하게 살 뻔했는데."

"차라리 우리도 먹는 게 나을 뻔했어요. 그랬다면 지금 이렇게 걱정은 하지 않고 있겠죠. 혹시 우릴 도와주실 수 있나요?"

"방법이 있다 해도 도와줄 수 있을지 모르겠네."

그러자 남자가 마틴을 보며 말했다.

"저기 있는 남자애는 어때요? 제 아들과 비슷한 또래로 보이는데."

"저 애는 왜?"

"어쩌면 저 애가 레오를 설득해줄 수 있지 않을까 해서요. 레오도 또래 친구가 하는 말은 들을지 몰라요. 아니면 레오를 설득해 항구까지 데려오기만 한다면…."

"배에 태워서 가버린다? 그게 계획인가?"

"어떻게 생각하세요?"

나는 구리다고 생각했다. 그러다 만약 잘못되기라도 하면? 만약 마틴한테 무슨 일이 생기면? 마틴은 나를 짜증나게 하지만 그래도 하나밖에 없는 내 동생이다. 마틴을 잃고 싶지는 않았다.

"좋은 생각 같지 않아요. 제가 생각했을 땐⋯."

하지만 마틴이 내 말을 끊고 나섰다.

"제가 구해 올게요. 할 수 있어요. 하게 해주세요, 할머니. 어떻게 설득해야 하는지도 알아요. 레오한테 항구에 가서 하늘수영이나 축구를 하자고 하면⋯."

"축구? 너, 축구 할 줄 아니?" 여자가 물었다.

"당연하죠. 축구에 관해서라면 모르는 게 없어요."

"안 돼요, 할머니. 못 하게 막아야 해요." 내가 끼어들었다.

"제 생각엔 마틴은 정말 용감한 것 같아요."

주근깨쟁이 안젤리카가 감동했다는 듯 그렇게 말했지만 전혀 도움이 안 되는 말이었다. 안젤리카의 말은 영웅이 되고 싶어 안달 난 마틴의 가슴에 불을 지폈다.

"만약 레오가 항구까지 오지 않으려고 하면 제가 끌고 올게요. 레오를 기절시켜서 제가 어깨에 짊어지고 올 수도 있어요."

레오의 엄마는 당황한 듯 보였다.

"글쎄, 그렇게까지 할 필요는⋯."

"물론 그건 최후의 수단이에요. 저 해도 돼요, 할머니? 해도 되죠?"

할머니는 그저 한숨만 쉬었다.

"이런 걸 신경 쓰기에 난 나이가 너무 많단다. 매일매일 진퇴양난의 상황이 생기는구나. 이걸 해야 할지, 말아야 할지… 젬마?"

"안 돼요."

"알랭은?"

"제가 대신 가줄 수 있어요. 하지만 제 나이가…."

"그래. 레오랑 같은 나이의 애가 더 설득을 잘할 수 있겠지. 그럼 안젤리카?"

"마틴은 정말 용감한 것 같아요."

"알았다. 다수가 찬성이군. 미안하구나, 젬마."

"그럼 저도 마틴하고 같이 갈래요."

"마틴?"

"누나가 절 괴롭히거나 방해하지 않는다면 괜찮아요."

"그래. 그럼 둘이 같이 가렴. 그리고 잊으면 안 돼. 섬에 들어가면 무슨 일이 있어도…."

"다시마를 먹으면 안 된다. 잘 들었지, 마틴?" 내가 말했다.

"당연하지. 내가 바보인 줄 알아? 다시마를 먹으면 어떻게 되는지 뻔히 아는데 내가 먹겠어?"

그 말은 사실이었다. 마틴은 다시마를 먹지 않았다.

대신 그것만큼이나 해서는 안 될 일을 하긴 했지만 말이다.

21

마법의 다시마

계속되는 젬마의 이야기

솔직히 친절한 제도에 유혹당하지 않기란 어려운 일이었다. 우리를 지나치게 반긴 그 섬은 기대 이상으로 매혹적이었다.

사람들 중에도 그런 사람이 있다. 모두가 입을 모아 말하는, 대단히 매력적이고 만나면 사랑에 빠지지 않을 수 없는 그런 사람말이다. 그리고 한편으로는 저런 사람한테 자기는 쉽사리 넘어가지 않을 거라고 말하는 사람도 있다. 매력적인 사람들은 모두 사기꾼이기 때문에 절대로 좋아하지 않을 거라고 자신한다. 하지만 막상 매력적인 사람을 만나면 그 사람한테 빠져드는 자신을 발견하게 된다. 친절한 제도가 바로 그렇다. 속수무책으로 이 섬을 좋아할 수밖에 없고, 이들의 마법에 빠져든다. 마치 최면술사의 의자에서 점점 눈꺼풀이 감기는 것처럼 말이다.

"여기서 기다리고 있으마." 페기 할머니가 말했다. "너희 둘은 가서 저 부부의 아들을 찾아 부두로 데리고 오렴. 그럼 그 애를 우리 배 선실에 가두고 부모한테 데려다주면 돼."

부부의 배는 여전히 섬에서 멀리 떨어진 곳에 정박해 있었다. 할머니는 고집불통인 레오가 부둣가에 있는 부모님 배를 보면 겁을 먹고 도망칠지 모른다고 생각했다. 할머니의 생각은 옳았다.

"마지막으로 발견된 장소는 중앙광장 공원이라더구나. 그 애가 순순히 부두로 오게 설득 잘해야 해. 네가 레오한테 뭐라고 말할지 모르겠지만…."

"적당한 말을 생각해낼게요." 마틴이 말했다. "걱정 마세요. 제가 말 만들어내는 건 잘하고 또…."

"거짓말도 잘하지." 내가 끼어들었다.

"이 일은 나 혼자서도 충분히 할 수 있어."

"나도 알아. 하지만 난 너를 위해 같이 갈 거야. 엄마가 마지막으로 나한테…."

"나도 알아."

"동생을 잘 돌보라고 말씀하셨으니까."

"그래. 하지만 나도 이제 내 앞가림 정도는 할 수 있어."

"그럼 따라가서 네가 앞가림하는 거나 지켜보지 뭐."

"이제 말싸움 다 끝났니?" 할머니가 말했다. "잠깐만 휴전하는 게 어때?"

"그럼 같이 가든가." 마틴이 말했다. "꼭 그래야 한다면."

우리는 배에서 부둣가로 폴짝 뛰어내려 친절한 제도의 중심부인 친절한 마을로 향했다. 그곳은 정말이지 이름 그대로였다.

"그리고 명심해." 할머니가 우리한테 소리쳤다. "절대로 다시마를 먹어선 안 돼. 어떤 일이 있어도 말이야."

"절대로 안 먹을게요. 걱정 마세요."

내가 다시마를 먹지 않을 거라는 건 확실하지만 마틴은… 글쎄….

항구에는 커다란 표지판이 세워져 있었다. 그 표지판은 화사한 색깔로 꾸며져 있었고, 주변에는 꽃들이 흐드러지게 피어 있었다.

친절한 제도에 오신 것을 환영합니다!

그리고 그 밑에 누군가가 해놓은 낙서가 있었다.

너무 친절해서 쓰레기조차 떠나고 싶어 하지 않는 곳.

나는 마틴과 눈빛을 주고받은 뒤 마을을 향해 걸음을 옮겼다.

"이보게들!"

"어이, 꼬마 신사 숙녀들."

"안녕, 친구들. 만나서 반가워."

"어이, 거기, 젊은 친구들. 오늘 아주 좋아 보이는군."

마을 사람들은 모두들 굉장히 친절했다. 나는 이렇게나 유쾌하고 웃음이 많은 사람들을 본 적이 없었다. 그들은 하나같이 따뜻하게 우리를 환대해줬다. 다들 행복해 보이고 친절해서 도착과 동시에 집에 온 것만 같은 기분이 들었다. 여기서 평생 살았던 것만 같고, 주민들 모두 오랜 친구 같았다.

"참 친절하다, 그치?" 마틴이 말했다.

"그래, 지나치게 친절해."

나는 경계를 늦추지 않기 위해 냉소적으로 말했다. 하지만 마틴한테 보여주기 위한 태도일 뿐이었다. 사실 친절한 사람들로 인해 내 안의 경계심은 무너져가고 있었다. 어째서 할머니는 우리한테 친절한 제도가 이상한 곳이라고 말한 것일까? 이토록 사랑스럽기만 한 섬을 말이다.

곳곳에 일을 하는 사람들이 눈에 띄었지만 아주 열심히 하는 사람은 없었다. 다들 인생을 여유 있게 사는 것처럼 보였고 쉬는 시간, 이웃과 수다 떨 시간, 친구와 대화할 시간을 중요하게 생각하는 듯했다.

그때 누군가가 우리한테 다가와 말을 걸었다.

"이봐, 어린 친구들. 오늘 별일 없지? 어여쁜 꼬마 숙녀도 있네."

"잘생긴 꼬마 신사도 있어!"

마을 사람들은 우리한테 이런 식으로 농담을 걸었는데, 본질적으로 악의 없이 진심을 말하는 것 같은 느낌이었다. 이렇게 친절한 사람들은 처음이었다.

우리는 마을 중심가를 향해 걸어갔다.

"공원이 어느 쪽에 있나요?"

나는 지나가는 사람한테 물었다.

"우리의 아름다운 공원을 찾나요, 꼬마 아가씨? 그렇다면 실망하지 않을 거예요. 이대로 쭉 직진한 뒤 T자 길에서 왼쪽으로 가요. 그리로 가다가 다시 왼쪽이에요. 쉽게 찾을 수 있을 거예요. 공원에 가면 음악도 있고 항상 젊은 사람들이 북적거리고 놀 거리도 많이 있으니까 재미있는 시간 보내요."

"감사합니다."

우리는 계속해서 걸어갔다.

"여기 멋지지 않아?" 마틴이 물었다. "안 그래? 왜 레오가 계속 있고 싶어 하는지 알 것 같아."

"그래, 나도⋯."

나는 이 섬의 매력에 거의 넘어갈 뻔했지만 한편으로는 냉정함을 잃지 않으려고 애썼다. 도대체 이 섬의 꿍꿍이가 뭘까? 단점은 뭘까? 실상은 어떨까?

나는 그 어디에도 완벽한 곳이나 쉬운 인생은 없다고 믿는다. 어디에든 파리가 빠진 수프라든지 사람을 무는 벌레 같은 게 있기 마련이다. 인생은 아름다울 수 있다. 하지만 갑자기 나쁘게 돌변하기도 한다. 사랑스러운 들짐승의 보드라운 털을 쓰다듬으며 좋은 시간을 보낼 때도 갑자기 물릴 것에 대비해 이빨이 어디에 있는지 정도는 미리 파악해두는 게 좋다. 그리고 나의 경험에 비춰 봤을 때 인생은 언제든지 경고도 없이 우리를 물어뜯을 수 있다. 그로 인해 크게 상처가 나고 피를 흘릴 수도 있다.

"난 여기가 좋아. 잠깐, 어디서 음식 냄새가 나지?" 마틴이 주위를 두리번거렸다. "배가 고파지는걸."

"할머니가 한 말 기억하지?"

"알아. 그냥 냄새가 좋다고 한 것뿐이야."

냄새는 정말 좋았다. 가는 곳마다 카페, 노점, 식당 같은 먹을 곳이 널려 있었고 밥과 다시마, 다시마 버거, 다시마 반죽을 입힌 하늘고기 튀김을 볼 수 있었다.

"모든 곳에 다시마가 보이네."

정말 그랬다. 음식을 먹지 않는 사람들도 하나같이 뭔가를 씹고 있었다.

노점 옆에는 간판이 하나 있었다. 껌 열 개에 10센트.

"음식은 먹을 수 없으니까 껌이라도 사볼까?"

"마틴, 저 껌 속에 뭐가 들었을 것 같아?"

"나야 모르지."

"당연히 다시마가 들었겠지."

"그걸 어떻게 알아?"

"그게 아니면 뭐가 들었겠니?"

"하나 사보자."

"안 돼. 자, 저길 봐. 공원이야."

그제야 퍼즐의 균열이 보이기 시작했다. 이곳 사람들은 분명 친절하고 행복해 보였다. 아니, 적어도 만족스러워 보였다. 하지만 눈빛은 왠지 공허했다. 마치 인생에서 특별히 하고 싶었던 것도, 앞으로 하고 싶은 것도 없는 사람들 같았다. 그저 껌이나 씹고 다시마 버거를 먹을 수만 있으면 된다는 듯 말이다.

주변을 둘러보니 처음과 달리 완벽하지만은 않은 것들이 보이기 시작했다. 건물들은 낡았고 허물어져서 보수가 필요했다. 청소도 필요해 보였다. 이 섬의 어린이들은 학교에 다니지 않고 끝없이 놀기만 하는 것 같았다. 뛰어노는 아이들도 있었지만, 지루해 죽겠다는 듯한 아이들도 있었다.

"저길 좀 봐봐. 쟤가 분명해."

우리는 벤치 앞에서 멈췄다. 근처 풀밭에 한 무리의 젊은 사람들이 있었다. 내 나이 또래도 있었고, 마틴 또래도 있었다. 그런데 그중에 빨간색 티셔츠를 입은 남자애가 있었다. 그 애는 풀밭에 대자로 누워서 눈을 감고 누군가 네 줄 기타로 연주하는 느린 곡을 듣고 있었다.

"어떻게 하지?"

"나도 모르겠어. 아무튼 눈치 못 채게 해야 해, 마틴."

"내 별명이 감쪽이잖아."

"처음 듣는 별명인데?"

"누나는 여기서 기다리고 있어. 잠깐이면 돼. 내가 저 애 옆에 앉아서 설득해볼게."

"자신 있어?"

"우리 둘이 같이 가면 레오가 의심할 거야."

"알겠어. 주변 좀 둘러보다가 돌아올게."

"20분 정도면 돼."

"좋아. 그럼 이따가 봐."

나는 마틴이 풀밭에 모여 있는 무리를 향해 다가가는 모습을 지켜봤다. 마틴은 대충 그쪽에 자리 잡고 앉아서 기지개를 켰다. 그런데 뒤에서 내가 보고 있는 걸 알아채고는 짜증을 내며 가라고 손짓했다. 그래서 나는 바로 자리를 떴다.

나는 천천히 마을을 둘러보면서 친절한 마을의 평화로운 풍경과 소리에 사로잡혔다. 급할 게 뭐가 있고 서둘러서 무엇하나 하는 생각이 절로 들었다. 그러다 내가 뭘 하고 있는지 알아차리기도 전에 작은 야외 카페에 앉아 있는 나를 발견했다.

종업원이 메뉴판을 들고 와서 말을 걸었다.

"안녕하세요? 다시마 음료로 주문하시겠어요?"

그 말에 나는 정신 차리고 재빨리 자리에서 일어나 발걸음을 재촉했다. 종업원이 뒤에서 노려보고 있는 게 느껴졌지만 뒤돌아보진 않았다. 그러다가 시장의 수많은 뒷골목 중 한 곳에서 잠시 길을 잃고 말았다. 가는 곳마다 노점들이 있었고, 다양한 음식과 보석을 팔고 있었다. 공기에 섞인 연기를 맡은 나는 무기력해지기 시작했고, 심지어 내가 지금 어디에 있는지, 여기서 뭘 하고 있었던 것인지조차 까먹어버렸다.

수레를 끌고 가는 사람과 거의 부딪칠 뻔하고 나서야 나는 비로소 정신을 차릴 수 있었다. 근처에 있는 시계를 보니 마틴과 떨어진 지 한 시간이나 지나 있었다. 나는 서둘러 왔던 길을 거슬러 공원으로 갔다.

마틴은 젊은 사람들 틈에서 티셔츠를 벗고 햇살을 받으며 기타를 치고 있었다. 마틴 옆에는 두 명의 여자애와 두 명의 남자애가 있었다. 그중 하나가 바로 우리가 구해야 하는 레오였다. 하지만 마틴은 기타 음정을 맞추는 데만 집중하고 있었다.

"안녕, 누나! 와서 내 친구들 좀 만나봐. 여긴 레오, 샘, 안나, 테레사야."

"내가 자리 비운 사이에 친구들이 많이 생겼네."

"그래, 누나. 다들 너무 친절해. 누나도 긴장 풀고 여기 앉아서 쉬는 게 어때?"

"마틴, 잠시만 이리 와볼래? 조용히 할 말이 있어."

마틴이 손을 흔들었다.

"누나, 분위기 좀 망치지 마. 긴장 풀어. 다들 느긋하게 쉬고 있잖아."

"그럼 잠시 저기 가서 나랑 1분만 얘기하자."

마틴이 레오한테 기타를 넘겨줬다.

"좋은 곡 하나 뽑고 있어봐. 빨리 돌아올게."

"천천히 해, 친구." 레오가 나를 힐끔 쳐다봤다. "네 누나 마음에 든다. 예쁜걸." 그러고는 나한테 키스를 날렸다.

건방진 녀석 같으니라구. 나는 속으로 생각했다.

나는 그 애들과 멀리 떨어진 곳으로 마틴을 데리고 가서 나무에 기대 세웠다.

"마틴~"

"왜 슬픈 표정이야? 기분 좀 풀어. 어디 불이라도 났어?"

"마틴, 할머니가 뭐라고 했지? 내가 뭐라고 했지?"

"다시마 먹지 말랬잖아. 절대 먹으면 안 된다고."

"그래. 그런데 얼마나 먹은 거야?"

"나? 안 먹었어. 다시마는 내 입술에 스치지도 않았단 말이야."

나는 마틴의 말을 믿을 수 없었다.

"너, 확실해?"

"가슴에 맹세 얹고 손 할 수 있어."

"가슴에 손 얹고."

"그래, 맹세할 수 있어."

"정말 아무것도 안 먹었어?"

"안 먹었어."

"확실해?"

"확실해. 안 먹었어. 마시기만 했어. 그게 전부야."

나는 절로 한숨이 나왔다.

"뭘 마셨는데?"

"주스."

"어디서?"

"노점에서."

"여기 있어봐."

나는 당장 노점에 갔다.

"저기요, 무슨 맛 주스 있어요?"

"오렌지, 복숭아, 자몽이 있지."

"아, 그게 전부예요?"

"그게 전부야."

"다시마 주스는 없어요?"

"모든 음료에 다시마가 들어 있지, 아가씨. 오렌지, 복숭아, 자
몽은 그냥 맛을 내기 위해 들어가는 거야. 자, 어떤 걸로 줄까?"

"괜찮아요. 목이 안 말라서요."

나는 마틴한테 돌아갔다. 마틴은 도로 풀밭으로 가서 새로 사
귄 친구들과 누워 있었다.

"마틴~"

"누나 왔네. 나의 새 친구, 레오 만나봤어?"

"마틴, 우린 이제 가야 해."

"아니, 안 갈 거야. 우린 아무 데도 안 가도 돼."

"마틴!"

"어이, 친구. 네 누나 때문에 귀가 다 아파 죽겠다. 기타 갖고
저리로 가 있을 테니까 누나 가면 거기로 와."

마틴의 친구들은 마틴과 레오만 두고 일어서서 가버렸다. 레오
도 자기 물건을 주섬주섬 줍기 시작했다.

"방금 누나가 한 짓을 봐. 우린 여기서 그냥 쉬고 있었는데…."

"마틴."

"왜?"

"네가 마신 주스에 다시마가 들어 있었어."

"정말이야? 그럼 누나도 한번 마셔봐. 정말 맛있어."

"그래?"

"어마무시해. 그렇지, 레오?"

"그렇고말고." 레오가 맞장구쳤다. "더 마실 수 있다면 소원이 없겠어."

"나도 그래. 그런데 이제 돈이 없네."

"걱정 마. 나중에 하늘수영 하러 가서 직접 신선한 다시마를 따 먹으면 되니까."

"그래, 멋진 생각이야, 친구! 아주 멋져."

그때 문득 좋은 수가 떠올랐다.

"아니면 배로 가든가."

마틴이 눈을 가늘게 떴다.

"배?"

"할머니가 저녁 만들고 있거든."

"그러고 보니 배가 고파지네. 레오, 넌 어때?"

"난 다시마가 고파, 친구."

"그게 바로 할머니가 하는 요리야." 내가 말했다. "다시마 하늘 고기 요리랑 다시마 밥."

"다시마가 든 하늘고기 요리랑 밥이라니! 들었어, 레오?"

"그래. 멋져, 친구."

"그럼 우리 배로 가서 다시마 밥하고 하늘고기 좀 먹을까?"

"그리고 다 먹으면 후식으로 다시마 주스도 있어."

이렇게 말하면서도 내심 거짓말을 너무 심하게 했나 걱정했지 만, 나는 잽싸게 말을 덧붙였다.

"게다가 다시마 블랑망주 푸딩도 있어."

"우와! 다시마 블랑망주!" 레오가 말했다. "그런 음식 이름은 평생 처음 들어봐!"

"그럼 우리 같이 가서 먹어보자."

마틴이 비틀거리며 일어나 티셔츠를 입었다.

"그래, 친구. 다시마 블랑망주를 맛볼 생각에 견딜 수가 없군. 완전 꽂혀버린 것 같아."

"좋아, 친구."

둘은 공원에 있는 다른 친구들한테 인사했다. 나는 음식이 충분치 않으니 다른 친구들은 초대하지 말라고 미리 일러뒀다. 우리 셋은 배가 있는 곳으로 가기 위해 걸음을 재촉했다.

길을 가면서 만난 사람들 역시 너무나 지나치게 친절했다. 그리고 걱정도 많았다.

"이보게, 젊은 친구들. 벌써 떠나는 건가?"

"가서 다시마 하늘고기랑 밥 좀 먹고 올 거예요. 걱정 마세요."

나는 그렇게 사람들을 안심시켰다.

"여길 떠나라고 강요한 사람은 없었지? 우린 그런 거 딱 질색이거든. 우린 좋은 게 좋은 사람이야. 소동이 일어나는 건 싫어."

"여길 떠나는 게 아니에요." 마틴이 말했다. "다시마 맛 좀 보고 돌아올 거예요."

"다행이군그래, 젊은 친구들. 우리가 지켜보고 있을 테니, 가서 다시마 맛있게 먹고 와."

모든 게 완벽했다. 아니, 그 이상이었다.

"이봐, 친구." 항구로 걸어가는 동안 레오가 마틴한테 물었다. "너희 남매는 어쩌다 이 섬에 오게 된 거야?"

"아, 우린 학교 때문에 메트로 아일랜드로 가고 있었어. 하지만 이젠 그런 일에 신경 쓰지 않을 거야. 평생 여기서 지내면서 다시마나 먹을 거야. 그렇지, 누나?"

"그렇고말고, 마틴. 우린 다시마가 있는 여길 절대 떠나지 않을 거야."

"멋지군." 레오가 말했다. "나도 그렇거든."

우리는 마침내 우리를 기다리고 있는 배에 도착했다.

할머니가 우리를 지켜보고 있었다. 마틴과 레오의 상태를 살피는 듯했다. 나는 할머니를 향해 살짝 윙크했고, 할머니는 내가 보낸 신호를 단박에 알아차렸다.

"젬마 왔구나. 아무 일 없었지?"

"아무 일 없었어요. 그리고 마틴의 새 친구 레오를 데려왔어요. 할머니가 만든 다시마 요리를 먹으려고요."

"그렇구나. 지금 조리실에서 끓이고 있단다."

"다시마 블랑망주는 어떻게 돼가고 있어요?" 마틴이 물었다.

"잘 준비되고 있지. 레오를 데리고 내려가서 보여주려무나."

"와우, 멋져요! 가서 만드는 거 구경하자."

"어서 나를 다시마 블랑망주가 있는 곳으로 안내하시지, 친구." 레오가 말했다. "젓가락을 들이대보자구."

"그럼 먼저 내려가 있어. 나도 따라가마."

그때 안젤리카가 일을 망칠 뻔했다. 눈치 빠른 알랭은 재빨리 상황을 파악했지만 안젤리카는 순진했다.

"다시마 요리 하신 줄 몰랐어요." 안젤리카가 말했다. "아까 저희한테 무슨 일이 있어도 그 근처로는⋯."

"아, 농담이었단다, 얘야. 다시마가 최고인 건 모든 사람이 다 아는 사실이잖아. 그렇지, 마틴?"

"그럼요, 할머니. 다시마만 있으면 걱정할 게 없어요. 다시마를 조금만 먹어도 인생이 그냥⋯ 어떻게 되지, 레오?"

"멋져지지, 친구."

"바로 그거야. 멋져지지. 어서 내려가서 다시마 만찬을 즐기자."

마틴이 앞장서서 조리실로 내려갔고 레오가 그 뒤를 따랐다.

둘이 내려가자마자 우리는 문을 닫아버렸다. 할머니는 빗장까지 단단히 걸어 잠갔다.

마틴과 레오가 조리실에 갇힌 채 다시마 만찬은커녕 우리 배가 친절한 제도를 떠나고 있다는 걸 알았을 때 뭐라고 했는지 여기에 적진 않겠다. 한 가지만 말하자면 둘이 한 말 중 정상적인 말은 하나도 없었다는 것이다.

우리는 우리를 기다리고 있는 멋진 배를 만나러 갔다. 여전히 아래에서는 쿵쾅쿵쾅 문을 치는 소리와 함께 간간이 비명이 들렸다. 하지만 어느 순간 잠잠해지더니 코 고는 소리가 들렸다.

우리는 기다리고 있던 배 옆에 우리 배를 묶고 레오의 부모님을
우리 배로 불렀다.

"레오는 괜찮은 거죠?"

"그런 것 같네. 하지만 너무 기대는 하지 말게. 그래야 실망을
안 하는 법이니까. 젬마, 문을 열어볼래?"

"안전할까요?"

"여기라면 둘 다 하늘수영을 해서 친절한 제도로 돌아가진 못
할 것 같구나."

마침내 우리는 빗장을 풀고 문을 열었다.

"마틴!" 내가 소리쳤다.

"레오, 네 엄마 오셨다." 할머니가 차분히 말했다.

코를 골던 소리가 잠시 후 투덜거림과 반항적인 중얼거림으로
바뀌었다. 그러더니 사다리를 천천히 올라오는 발소리가 들렸다.
잠시 후 빨갛게 충혈된 눈들이 어둠을 뚫고 나타났다.

"아아, 머리야…" 마틴이 말했다. "뭐에 맞았나 봐요."

"내가 때리려고 하긴 했지." 내가 말했다.

레오는 마틴보다 훨씬 심각해 보였다. 레오의 눈은 빨간 데다
노랗게 보이기까지 했다.

둘이 올라와서 갑판에 앉자 할머니가 물을 갖다 줬다.

"친절한 제도는 잘 즐기고 왔니, 마틴?"

"잘 즐겼죠. 잠깐 동안은요."

"그래, 다시마를 끊기 전까지는 좋았겠지."

"몸이 좀 아픈 것 같아요." 레오가 말했다.

"그래도 이만하길 다행이구나." 레오 엄마가 말했다.

"어째서 섬에 있는 다른 사람들은 아프지 않은 거예요?"

"다시마를 끊지 않기 때문이지." 내 물음에 할머니가 답했다. "그 사람들은 어릴 때부터 다시마를 먹기 시작해서 꾸준히 먹거든. 끊지 않으니 금단 현상이 나타나지 않는 거야."

"그래서 그렇게 행복하고 친절한 거예요?"

"아마 그게 도움이 되겠지."

할머니가 나를 쳐다봤다.

"하지만 진짜 세상에 사는 게 더 낫지 않니?"

"어쩌면요."

"더 낫고말고."

하지만 솔직히 말해 확신이 들진 않았다.

레오는 부모님의 도움을 받아 자기 배로 건너갔다. 레오는 해먹에 누웠고, 곧바로 잠이 들었다.

"메트로 아일랜드에서 뵈어요, 할머니." 레오 아빠가 소리쳤다.

"그래, 거기서 다시 보기로 하지. 그 배라면 우리보다 훨씬 빨리 도착하겠어."

"다시 한 번 도와주셔서 감사합니다. 감사하다는 말로도 모자라네요."

"도울 수 있어서 우리도 기쁘네."

윤이 나는 레오 가족의 배는 미끄러지듯 떠났다. 상승 기류를 헤치고 가는 상어처럼 속도가 빨라서 이미 우리보다 1킬로미터 이상 앞서 있었다.

"너무 깊이 맛을 들인 게 아니어야 할 텐데." 할머니가 말했다.

"누구요?"

"저 레오라는 아이 말이다. 초기에 다시마를 끊어주면 괜찮은데 너무 오래되면 끊기가 정말 힘들거든. 친절한 제도로부터 영원히 벗어날 수 없게 되는 거지."

나는 마틴을 걱정스럽게 쳐다봤다. 마틴이 얼굴을 찡그렸다.

"아니야, 그렇지 않을 거야. 나도 근심 걱정이 없다는 게 이런 느낌인 줄 알았으면 좋다고 하지 않았을 거야. 물 더 없어?"

"더 있지. 아니면 다시마 주스는 어때?"

마틴이 급히 난간으로 달려갔다.

나는 무슨 일이 벌어지고 있는지 보고 싶지 않았다. 하지만 또렷하게 들렸다.

분명 듣기 좋은 소리는 아니었다.

구름사냥꾼의 운명

다시 시작된 마틴의 이야기

희망찬 항해. 이건 페기 할머니가 종종 하는 말이다. 물론 할머니도 다른 누군가에게 배운 말일 것이다. 아무튼 우리는 할머니의 말대로 희망찬 항해를 했고, 얼마 후면 메트로 아일랜드에 도착할 예정이다. 그러면 꿈꿔왔던 모든 희망이 현실이 될까? 나는 메트로 아일랜드가 과연 할머니가 바라온 것들을 이루어줄지 알수 없었다. 그냥 이렇게 항해하면서 영원히 희망을 품고 사는 게 낫지 않을까 하는 생각도 들었다. 언제까지나 정처 없이 떠돌기만 하는 삶 말이다.

"할머니, 이러면 어떨까요? 메트로 아일랜드가 보여도 계속 배를 몰고 가버리면 어때요?"

"그러면 언젠간 지루해지지 않을까?"

"잘 모르겠어요."

"희망찬 항해를 하기 위해서는 목적지가 필요하단다. 만약 도착할 곳이 없거나 목적지에 대한 기대감이 없으면 그 항해는 결코 희망찬 항해가 될 수 없어. 그저… 목적 없이 떠도는 꼴이 될뿐이지."

"하지만 저는 그것도 상관없는걸요."

"쉼 없이 항해하는 구름사냥꾼들도 목적을 갖고 있단다. 구름층이나 섬을 목표로 가는 거지."

"우리도 그렇게 모험이란 희망을 안고 항해하면 되잖아요."

"이 정도면 모험은 충분히 하지 않았니?"

"아직 충분하지 않은 것 같아요."

"이만하면 난 모험은 충분히 한 것 같구나. 난 그만 내려가마. 조종은 젬마가 맡고 마틴 넌 계속 망을 보렴."

그렇게 말하고 할머니는 선실로 내려갔다. 요즘 들어 할머니는 잠을 많이 잔다. 나이 탓이라고 했다. 하지만 우리가 처음 만났을 때도 할머니는 나이가 엄청나게 많았다. 그런데 어째서 요즘 들어 더 피곤해하는지 이해할 수 없었다.

나는 배 밖으로 낚싯줄을 던졌다. 안젤리카도 와서 같이 낚시를 했고, 항해하는 동안 점심으로 먹을 하늘고기를 잡았다.

"조만간 도착하겠지?" 안젤리카가 물었다.

"며칠만 더 가면 될 거야."

"굉장히 낯설 것 같아."

"나도 그렇게 생각해."

"지금까지 경험한 것과는 완전 다르겠지. 그런데 마틴…."

"응?"

"나, 고백할 게 있어. 전에 내가 해준 쥐 사냥 이야기들 말이야…."

"그게 뭐?"

"실은 내가 과장을 좀 섞어서 얘기한 거야. 전부 다 사실은 아니야."

그 말에 나는 미소를 지으며 말했다.

"그래, 나도 알아."

"알고 있었어?"

"응. 다들 내가 둔하다고 생각하는데 그 정도는 아니거든."

"네가 얘기해달라고 졸라서 어쩔 수 없이 지어낸 것도 있어."

"그것도 알아. 그런데 정말 재밌었어. 난 네 얘기를 듣는 게 좋아."

"정말?"

"응. 아주 많이."

"그럼 하나 더 해줄까?"

"좋아. 아직 해줄 얘기가 남아 있다면 말이야."

"있고말고. 네가 메트로 아일랜드에 도착하기 전에 듣는 마지막 쥐 사냥 얘기가 될 거야. 이번엔 진짜로 있었던 일이야."

"그렇겠지."

하지만 나는 그 이야기를 끝내 듣지 못했다. 이야기를 중단해야 할 만한 일이 벌어졌기 때문이다.

해먹 위에서 흔들거리며 누워 있던 알랭이 난데없이 갑판 난간으로 뛰어올랐다. 그러더니 밧줄을 잡고 균형을 잡으면서 우리를 향해 다가오고 있는 배를 가리켰다.

"젬마, 태양전지판을 달아. 또 구름사냥꾼이야."

과연 안개 사이로 구름사냥선 한 척이 다가오고 있었다.

"여기요! 여기!"

알랭이 갑판 난간에 서서 소리치며 손을 흔들었다. 구름사냥선의 난간에 사람의 모습이 보였다. 남자, 여자애, 아이를 안은 여자, 그리고 마른 몸에 문신을 한 수색꾼까지.

"세상에… 이럴 수가…."

알랭이 이렇게 말하더니 갑자기 허공으로 뛰어들었고, 힘차게 헤엄쳐서 그 구름사냥선으로 다가갔다. 그 배에 있던 사람들이 알랭을 배로 끌어 올렸다. 마치 너무 희귀해서 오랫동안 찾아다녔지만 찾을 수 없었던 어종을 결국 낚아 올리기라도 한 것처럼 말이다.

그들은 바로 알랭의 가족이었다.

배가 멈춘 걸 느꼈던 모양인지, 소란스러운 소리 때문인지, 할머니가 삐걱거리는 다리로 짜증을 내며 갑판으로 올라왔다.

"왜 배를 멈춘 거니? 무슨 일이야?"

그러다가 구름사냥꾼들과 그들 사이에 있는 알랭을 봤다.

"그래… 드디어…."

하지만 할머니의 얼굴 위에 드리워진 미소가 순간 바뀌었다. 저쪽 구름사냥선의 수색꾼이 한 손에 칼을 쥐고 별안간 우리 배로 넘어왔기 때문이다.

"모조리 목을 따버릴 테다!" 수색꾼이 소리쳤다.

알랭이 그를 쫓아 우리 배로 왔다.

"안 돼요! 안 돼! 저 사람들은 나를 납치한 사람들이 아니에요. 나를 구해준 사람들이라고요!"

수색꾼이 동작을 멈추고 할머니 목을 베어버릴 뻔했던 칼을 내려놨다. 그리고 고르게 난 치아를 드러내며 미소를 지었다.

"어르신, 이렇게 만나 뵙게 돼서 영광입니다. 전쟁과 폭력에서 저 아이를 구해주시다니…."

"퍽이나…." 할머니가 말했다.

"죽어서도 못 갚을 은혜를 입었습니다."

"죽지 않고 이렇게 자네 인사를 받다니 내가 영광이군. 아까는 아찔했네."

"영광입니다, 어르신. 정말 영광이에요."

수색꾼이 할머니 손을 덥석 잡더니 손등에 공손히 입을 맞췄다. 마치 신사복과 넥타이를 차려입고 고상한 분위기의 저택 응접실에 있기라도 한 듯했다. 하지만 수색꾼은 헐벗은 데다 온몸에 문신과 상처가 가득했다. 그리고 여긴 하늘 한가운데에 떠 있는 낡은 배 안일 뿐이었다.

이런 일이 있은 뒤 우리가 곧바로 다시 가던 길을 갔을 거라고 생각했다면 그것은 오산이다. 아주 큰 오산이다. 우리는 모두 구름사냥선으로 건너가서 녹차를 마시고 하늘새우를 먹었다. 가장 좋았던 건 바로 특별한 순간을 위해 아껴둔 세상에서 가장 달콤한 물을 대접받은 것이다. 이에 질세라 할머니는 나한테 우리 배로 가서 벤 할아버지의 술병을 가져오라고 시켰다. 할머니로부터 술병을 받자마자 구름사냥꾼들은 즉시 코르크 마개를 열려고 했다. 하지만 할머니는 아이들 앞에서 술병을 열면 안 된다며, 어딘가 조용한 섬에 배를 잘 묶어두고 그때 마개를 따서 즐기라고 했다. 그리고 그 술병 하나면 한동안 벌레 걱정은 안 해도 될 거란 말도 덧붙였다.

알랭은 자기 가족들이 그러고 있는 것처럼 책상다리를 하고 갑판에 앉아서 그동안 있었던 납치, 해방계몽군과 소년병, 대학살(여동생을 놀래지 않기 위해 자세한 내용은 빼고)에 관한 이야기를 했다. 그리고 어떻게 우리를 만나게 되었는지, 이전에 다른 구름사냥선을 발견했지만 안타깝게 놓쳤던 것에 대해서도 말했다.

"그런데 어디로 가는 중이에요?" 알랭 엄마가 물었다.

"우린 메트로 아일랜드로 가고 있어요. 학교에 가기 위해서요. 정부에서 교육을 받고 싶어 하는 사람한테 교육비를 지원하거든요. 우리 할머니 말에 따르면 그곳에 가면 인생이 바뀔 엄청난 기회를 얻을 수 있대요. 그렇죠, 할머니?"

"그 이상이란다, 마틴. 세상의 이치에 대해 더 잘 이해할 수 있게 되거든."

구름사냥꾼들이 갑자기 조용해졌다. 내 생각에는 그 말 때문이었던 것 같다. 교육. 교육은 우리의 지식을 넓혀준다지만 우리의 뿌리, 가족으로부터 멀어지게 만들기도 한다. 또 두 번 다시 과거의 자신이 될 수 없게 만든다.

"교육이라… 엘다." 알랭 엄마가 진지한 표정을 짓고 있는 남편한테 속삭였다. "우리가 했던 말 기억하지?"

"기억하지." 알랭 아빠가 퉁명스럽게 대답했다.

알랭이 건너편에 있는 자기 아빠를 쳐다봤다.

"저는 당연히 여기 남을 거예요." 알랭이 말했다. "뱃일도 돕고 구름도 사냥하고…."

알랭 엄마가 천천히 머리를 젓더니 딸한테 얼굴을 돌렸다.

"베스, 짐 챙겨 오렴."

"왜요?"

"엄마가 하라는 대로 해야지."

베스는 아기를 제외하고 우리 중에서 가장 어렸다. 아홉 살이나 되었을까.

"어르신, 저희 딸도 데리고 가주실 수 있나요?"

알랭 엄마가 그렇게 말하자 할머니가 기겁을 했다.

"한 명 더? 혹을 하나 떼는구나 싶었는데 하나 더 얹을 줄이야!"

"엄마, 저는 남을게요. 저 사람들하고 같이 안 갈 거예요."

"가야 해, 알랭. 그게 우리가 바라는 거란다."

"하지만 제가 원하는 건 아니에요."

"아니, 원하잖아. 그렇지?"

슬프게도 알랭 엄마 말이 맞았다. 알랭은 이제 구름사냥꾼의 삶으로 다시 돌아가기엔 너무나 많은 걸 보고 경험해버렸다. 알랭에겐 해야 할 일과 바꿔야 할 세상이 있고, 그러기 위해서는 그 방법을 찾아야만 한다. 알랭도 교육을 받으면 훗날 정부에서 일하는 정치인이 될 수도, 대표부가 없는 소수 민족의 권리를 위해 일할 수도 있다. 구름사냥꾼들, 하늘을 방랑하는 집시들, 뿌리도 없고 집도 없이 추방된 자들을 위해 말이다. 한번 알고 나면 다시 모르는 상태로 돌아갈 수 없는 것처럼, 알랭은 돌아가기에 이미 너무 많은 걸 알아버렸다.

"그래도 우리 가족은 영원한 거죠?" 알랭이 말했다.

"물론, 이 세상이 끝날 때까지." 알랭 아빠가 말했다. "메트로 아일랜드라… 서부 항구로 오면 우리가 기다리고 있으마."

"그럼 그때 같이 구름사냥도…?"

"물론이지. 우리가 뭘 또 하겠니?"

"좋아요. 엄마, 아빠, 콜비스…."

콜비스는 수색꾼의 이름이었다.

그들은 서로 포옹하고 작별 인사를 나눴다.

"알랭…."

"네, 아빠."

"그 흉터를…."

알랭 아빠가 구름사냥꾼이라면 응당 지니고 있는, 눈가부터 입가까지 그어진 선명한 흉터를 가리켰다.

"자랑스럽게 여겨야 한다."

"그럴게요. 언제나."

이윽고 구름사냥꾼들은 언제나처럼 다시 길을 떠났다.

떠나가는 배를 지켜보며 안젤리카가 베스의 손을 잡았다.

"넌 왜 흉터가 하나도 없어?"

"난 아직 너무 어리거든." 베스가 대답했다. "언젠가는 갖게 될 거야."

하지만 나는 그렇게 되지 않을 거라고 생각했다. 베스는 흉터를 갖지 않을 것이다. 메트로 아일랜드에 가서 교육을 받고 일반 사회에 흡수되면 베스는 성년식을 거치지 않은 최초의 구름사냥꾼 출신이 될 것이고, 아무도 베스가 어디서 왔는지, 부모가 누구인지 알 수 없게 될 것이다.

구름사냥선이 멀리 사라지자 베스가 믿기지 않는 듯 울음을 터트렸다. 알랭이 베스를 달래려 했지만 소용이 없었다.

"베스, 내가 이야기 하나 해줄까?" 안젤리카가 말했다.

"무슨 이야기?"

"쥐 사냥 이야기."

"그거 실화야?"

"그럼. 적어도 부분적으로는 실화지."

나는 쥐 사냥 이야기뿐 아니라 모든 이야기가 그런 게 아닐까 생각했다. 이야기의 대부분이 사실이라면, 나머지 부분에 약간의 거짓이 있다고 해도 그 이야기는 실화라고 볼 수 있을 것이다.

"이리 와서 내 무릎에 앉아. 내가 얘기해줄게."

"알았어, 안젤리카." 내가 말했다.

"마틴! 너 말고."

"농담이야."

베스가 안젤리카의 무릎 위에 앉았고, 안젤리카가 이야기를 하기 시작했다.

하늘을 쳐다보니 구름사냥꾼들의 배는 그 어디에도 보이지 않았다.

할머니가 서서 우리를 쳐다봤다.

"배가 더 좁아졌구나. 뭐, 그래도 상관없어. 이제 곧 도착할 거니까. 태양광 엔진을 켜거라. 난 가서 낮잠을 더 자마."

그렇게 말하고 할머니는 아래로 다시 내려갔다.

23

마침내, 메트로 아일랜드

마틴의 마지막 이야기

메트로 아일랜드는 차마 못 보고 지나치려야 지나칠 수가 없는 곳이었다. 그 섬은 이미 멀리서부터 눈에 띄었다. 메트로 아일랜드로 향하는 다른 배들이 많아서 우리는 그 배들을 따라갔다. 처음에는 우리 배밖에 없었다. 그런데 우리와 같은 방향으로 가는 배가 두어 척 더 생겨나더니 몇 시간이 지나자 교통이 혼잡해질 정도로 배들이 많아졌다.

다양한 종류와 크기의 배들이 하늘을 가득 메웠다. 포함, 쓰레기 바지선, 크루즈선, 공장선, 포경선, 몸부림치는 하늘고기가 가득 담긴 그물을 끄는 트롤선까지 그 종류와 수가 굉장히 많았다. 심지어 노를 젓는 배도 있었다. 태어나서 처음 보는 배였다. 그 배에는 태양전지판도 없었고, 그저 한 사람이 커다란 날개 같은 노를 양손으로 저으며 하늘을 가로질렀다.

작은 위성 섬들도 나타났다. 어떤 조그마한 섬에는 화물선에서나 볼 법한 창고가 하나 있었는데, 누군가가 거기에 창문을 만들고 초록색으로 칠을 해놨다. 그리고 옆에 이렇게 적어놨다.

아쿠슬라 점성술사: 미래를 봐드립니다.

"할머니, 우리 점 보러 갈까요?"

"10국제통화나 내고 말이니? 내가 무료로 네 미래를 봐주마."

"제 미래가 어떤데요?"

"네가 조만간 요리를 하지 않으면 우린 모두 굶을 거야."

"무슨 점이 그래요."

"저들이 하는 말만큼이나 정확할걸."

"알겠어요. 조금 이따가 내려가서 요리할게요."

"아니, 이럴 수가! 마틴이 이제 내 힌트를 알아들을 줄이야. 그것만으로도 꽤 진전이 있구나."

나는 내려가서 스튜를 불에 올려놓고 다시 갑판으로 올라왔다.

잠시 후, 우리 눈앞에 굉장한 풍경이 펼쳐졌다. 주변으로 작은 섬들이 나타났는데 섬마다 노점과 상점이 줄지어 있었고, 사람들은 조그마한 배를 타고 다니면서 물건을 거래하고 있었다.

"할머니, 저게 뭐예요? 다들 뭘 하는 거예요?"

할머니가 난간에 기대서서 그 흥미로운 광경을 지켜봤다.

"시장이란다. 오늘이 장이 서는 날인가 보구나."

"저 사람들 모두 상인이에요?"

"그런 셈이지."

"와우~ 저기 좀 보세요!"

바위 위에 은색 동상이 서 있었는데 내가 쳐다보자 갑자기 동상이 움직이기 시작했다. 기계 같은 몸짓으로 자세를 바꾸더니 이내 다시 멈췄다.

"안젤리카, 저거 봤어?"

"하늘공연자란다." 할머니가 대수롭지 않게 말했다.

"저 동상한테 돈 줘도 돼요?"

"돈 있어?"

나는 그 동상을 향해 동전을 두 개 튕겼다. 동상이 로봇처럼 손을 공중으로 번쩍 들어서 동전을 낚아챘다. 그리고 감사 인사를 하고는 다시 움직임을 멈췄다. 우리는 배를 타고 천천히 그곳을 지나갔다.

그때 노를 젓는 배가 우리 옆으로 오더니 허락도 없이 우리 배 안으로 고리를 던졌다.

"환장하겠군. 이젠 악사까지. 어이, 거기, 내 갑판에서 갈고리 치우게."

하지만 노를 젓는 남자는 할머니의 말을 무시했다. 그가 작은 기타를 들더니 목청을 가다듬었다.

"짧게 자작곡을 한 곡 들려드리겠습니다, 신사 숙녀 여러분. 눈물을 쭉쭉 뽑아낼 만한 노래죠."

남자가 노래를 시작했다. 하지만 음정과 키가 너무 안 맞아서 눈물이 아니라 귀가 뽑힐 지경이었다.

"이제 그만. 어서 가게."

할머니가 쇠갈고리를 빼서 노 젓는 배를 향해 던졌다.

"감사의 표시를 보여주세요, 여러분!" 악사가 소리쳤다. "이 모자 안으로 던지시면 됩니다."

"모자는 자네 머리에나 쓰고 어서 가버리게!"

그러자 악사는 다른 사람들을 괴롭히러 떠났다.

"쓸모없는 인간이야." 할머니가 말했다. "연주도 못하고 노래도 못하잖아. 왜 자기가 못하는 걸로 직업을 삼은 건지 모르겠구나."

"그러게 말예요." 누나가 맞장구쳤다.

그러는 동안 악사는 다른 배를 향해 고리를 던졌다. 그의 목소리는 마치 고양이의 목을 조르면 나는 소리 같았다.

2킬로미터쯤 펼쳐진 시장에는 형형색색의 다양한 물건에 하늘꽃까지 없는 것 빼곤 다 있었다. 노래하는 하늘고기를 파는 배도 있었는데, 우리에 갇힌 그 하늘고기는 지느러미를 팔딱거리며 지저귀고 휘파람을 불었다.

"잔인해." 안젤리카가 말했다.

하지만 진풍경이긴 했다. 돈 한 푼 들이지 않고 보는 것만으로도 이곳을 충분히 즐길 수 있었다.

"먼지 아기 있어요. 먼지 아기. 와서 먼지 아기 사세요. 먹지도 않고 크지도 않아요. 여러분 곁을 떠날 일도 없으니 마음 아플 일도 생기지 않는답니다. 안 먹으니 기저귀를 갈아줄 필요도 없어요. 울지 않으니 밤에 깨우지도 않지요. 밤마다 통잠을 잔답니다. 먼지 아기 사세요."

"할머니, 먼지 아기가 뭐예요?" 내가 물었다.

"나도 모르겠구나. 혹시 먼지로 만든 아기가 아닐까?"

"그런 걸 누가 사요?"

"그러게나 말이다. 내가 아는 사람 중엔 없을 것 같구나."

하지만 여자는 판매용 먼지 아기들을 좌판에 늘어놓고서는 목청껏 판촉 행위를 했다. 인형들은 얼굴에 미소를 띠고 있었고 밝은 색깔의 옷을 입고 있었다. 배 한 척이 여자한테 접근하더니 그 인형을 하나 샀다. 그리고 흡족한 표정을 지으며 떠났다. 나는 그 인형을 왜 사는지 도무지 이해할 수 없었다.

우리는 배들로 이뤄진 골목을 지났다. 빨간색과 흰색의 기둥이 있는 배에 이발소 간판이 있었다. 또 치아 발치, 귀 청소, 손톱 정리, 티눈과 물집 제거 같은 간판들도 볼 수 있었다.

그리고 골목의 끝자락에 빨간색 십자가 깃발이 펄럭이는 커다란 배가 한 척 서 있었다. 개인 병원, 첫 진료 무료, 성형수술, 구름사냥꾼 흉터 제거.

"저런 건 한 번도 본 적이 없는데 말이지." 할머니가 말했다. "불가능한 일 아닌가."

"불가능한 거 맞아요." 알랭이 손가락으로 얼굴에 난 흉터를

만지작거리며 말했다. "흉터를 옅게 만들 순 있겠지만 사라지게
할 순 없어요."

음식을 파는 다양한 노점들을 지나치자 맛깔난 음식 냄새에 절
로 입에 침이 고였다.

"우리 잠시 멈춰서 뭐 좀 먹을까요?"

"마틴, 요리하고 있던 거 아니었니?"

스튜를 끓이고 있긴 했지만 저 음식만큼 냄새가 좋지는 않았
다. 우리는 조리실에서 끓고 있는 스튜에 곁들일 간식을 몇 개 구
입하고 그곳을 떠났다.

그다음으로는 배우들이 가득 탄 배를 지나쳤는데, 그들은 상갑
판에 무대를 만들어 공연을 하고 있었다. 관객들은 하늘 여기저
기 흩어져 있는 배 위에서 공연을 구경했다.

곧이어 연설의 바위가 나타났다. 연설자들이 차례차례 바위에
올라가서 현세 비판과 분노, 해결 방안을 외쳐대고 있었다.

우리는 계속해서 배를 타고 이동했다. 배를 만드는 곳에서는
부유한 사람들을 위한 호화로운 요트가 한창 만들어지고 있었
다. 그다음으로는 쿵쾅거리는 전자음악 소리와 함께 나이트클럽
섬이 나타났다. 그 나이트클럽은 공 모양의 인공 조형물 안에 자
리 잡고 있어서 계속 어둠을 유지할 수 있었다. 불빛을 깜빡거리
며 하늘택시가 섬에서 나온 사람들을 싣고 떠나자, 근사한 옷차
림을 한 또 한 무리의 사람들이 섬으로 들어섰다.

"태어나서 저런 곳은 처음 봐요. 믿기지가 않아요. 그동안 우리

가 이런 걸 놓치고 살았던 거예요?"

"마틴, 할머니가 장담하는데 너희는 아무것도 놓치고 살지 않았단다. 저 사람들은…" 할머니가 나이트클럽 섬을 가리켰다. "사람들은 어디 다른 데서 더 좋은 시간을 보낼 수 없을까, 내가 놓치고 있는 건 없을까 하는 생각에 늘 초조해하고 전전긍긍하지. 다른 곳에 가야만 더 행복할 것 같은 생각이 들기 시작하면, 어디에 있든 그런 생각을 할 수밖에 없는 법이야."

그렇게 말하고 할머니는 쉬기 위해 다시 아래로 내려갔다.

하지만 나는 할머니 말에 동의할 수 없었다. 어딘가에 지금보다 더 나은 삶이 있을 수 있다. 그게 아니면 우리가 무엇 때문에 메트로 아일랜드까지 가겠는가? 메트로 아일랜드에 가는 건 할머니의 생각이었지 우리 생각이 아니었다. 나는 처음부터 가고 싶지 않았다. 하지만 결국 그곳으로 향하고 있고, 마음이 살짝 들뜬 것도 사실이었다.

마침내, 메트로 아일랜드가 또렷이 보이기 시작했다. 멀리서도 섬의 고층 건물들과 첨탑, 교회, 성당, 사원, 기념 묘지, 항구, 방파제, 정박지가 보였다. 수천 척의 배들이 정박해 있었고, 쉴 새 없이 배들이 들어오고 나갔다. 건물들의 유리창에 반사된 빛들이 하늘에서 흔들거리며 춤을 춰댔다.

메트로 아일랜드는 마치 우주의 보석처럼, 다이아몬드처럼 빛이 났다. 그리고 섬에 가까워질수록 빛에 따라 색이 화려하게 변

했다. 마치 섬이 만화경 안에 들어 있고, 밖에서 보이지 않는 손
이 만화경을 돌리기라도 하는 것처럼 말이다.

나는 메트로 아일랜드가 이 정도일 줄은 상상도 못했다. 오랜
시간 텅 빈 하늘만을 항해해 오다가 갑자기 천국을 발견한 것만
같았다.

우리는 드디어 약속의 땅에 도착했다.

24

세렌디피티

남은 이야기를 이어가는 젬마

우리는 뱃머리에 모여서 함께 섬을 바라봤다. 마틴은 너무나 궁금한 나머지 몸을 심하게 앞으로 숙이는 바람에 자칫 난간 밖으로 떨어질 뻔했다.

우리 배는 대체 어디에 정박해야 할까? 지금껏 이렇게나 많은 배를 본 적이 없었다. 하늘에는 표지판들이 둥둥 떠 있었다. 우측통행, 좌측통행, 출입금지, 시내 방향, 메트로 아일랜드 항구 방향, 영업용 선박 전용.

"할머니~"

할머니가 다시 갑판으로 올라왔다.

"그래, 내가 하마."

할머니가 방향타를 넘겨받았다. 아무것도 없는 하늘이라면 나도 배를 조종할 수 있지만 이렇게 혼잡한 곳에서는 불가능한 일이었다.

"어디에 정박해야 할까요?"

"정박할 만한 곳을 찾을 수 있을 거야."

우리는 우리 배처럼 작은 개인용 배를 따라갔다.

메트로 아일랜드 시내 정박: 하루 20국제통화.

"얼마요? 그럼 우린 5분밖에 못 있겠네요."

"저곳은 아무리 짧은 거리라도 걷는 걸 싫어하는 부자들을 위한 곳이란다. 우린 공용 계류소로 갈 거야. 거긴 무료거든."

"할머니는 마지막으로 여기 와보신 게 언제예요?" 이번에는 마틴이 물었다.

"글쎄… 네 나이의 열 배도 넘는 세월 전일 게다."

"계산을 좀 해봐야겠는걸요."

"그냥 아주아주 오래됐다고 하자. 괜히 머리 아플라."

"그때하고 달라졌어요?"

"거의 못 알아볼 정도구나. 아, 저기 있군."

'단기 계류'와 '장기 계류'라고 적힌 두 개의 표지판이 곳에 세워져 있었다.

"우린 어느 쪽으로 가요? 장기는 얼마나 긴 거고 단기는 얼마나 짧은 거예요?"

"철학자라도 고민할 만한 질문이구나. 나도 이 섬에 얼마나 있어야 할지 모르겠다. 너희를 내려주고 학교에 보낸 뒤, 필요한 물

건만 사서 집으로 갈 거야. 그 정도 시간만 정박하면 되는데 말이
지.”

“며칠 계시는 거 아니었어요?” 마틴이 물었다.

“그래요. 더 오래 계세요.” 알랭이 말했다.

“제발요.” 이번에는 알랭의 동생, 베스가 말했다.

“그러지 말고 끝까지 우리랑 함께 있어주세요.” 안젤리카가 거
들었다.

“그러면 안 돼요? 왜 안 돼요?” 나도 물었다.

할머니가 슬픈 할머니 미소를 지어 보였다.

“그럼 며칠만 머물도록 하마. 하지만 내게도 돌봐야 할 섬이 있
고 가꿔야 할 온실이 있단다. 그리고 벤 영감이 혼자 술이나 마시
면서 멍청한 짓을 하는 건 아닌지도 챙겨야 하잖아. 내가 아니면
누가 하겠니?”

“그럼 우린 앞으로 누가 돌봐줘요?” 마틴이 마치 10년 전 그때
처럼 다시 네 살로 돌아간 듯이 물었다.

“마틴, 네가 느꼈는지 모르겠지만 너랑 젬마는 여기까지 오는
여정 동안 스스로를 돌볼 수 있을 정도로 많이 배웠단다.”

“저희가요?”

마틴이 놀랐다는 듯 묻더니 조용히 생각에 잠겼다. 왜냐하면
할머니의 말이 옳기 때문이었다. 우리는 이제 우리 스스로를 돌
볼 수 있다. 하지만 그건 전부 할머니 덕분이었다.

“할머니, 저길 보세요.” 알랭이 말했다.

거기에 또 하나의 표지판이 있었다.

단기 계류: 최대 3일, 장기 계류: 3일 이상.

"단기면 될 것 같구나. 사흘이면 충분해." 할머니가 말했다.

우리는 항구로 배를 돌려서 단기 계류소로 향하는 작은 배들을
따라갔다.

오른쪽으로 고개를 돌리니 커다랗고 매우 편안해 보이는 여객
선 한 척이 보였다. 갑판에는 아이들이 나란히 서 있었는데, 대부
분 우리 나이 또래였다. 못해도 수백 명은 되는 것 같았다. 그 아
이들은 우리를 향해 소리치며 손을 흔들었다. 그래서 우리도 손
을 흔들어줬다.

그 여객선은 곧장 장기 계류소로 향했다. 여객선이 멈추자 측
면에 새겨진 배 이름을 볼 수 있었다. 아르테미스. 그리고 이름 아
래에는 볼드체로 이렇게 적혀 있었다. 메트로 아일랜드 학교. 무료 버
스. 외딴 섬 및 마을 순환.

나는 순간 얼어붙었다.

"할머니…."

"왜 그러니?"

할머니는 못 본 척했다.

"할머니, 저거 못 보셨어요?"

"뭘 말이니, 아가?"

"저 버스 말이에요. 학교 버스요. 외딴 섬 및 마을을 돈다고 쓰
여 있…."

"정말이니? 그게 사실이야?"

"저기 보이잖아요. 고개만 돌리면 보여요. 바로 저기요. 커다랗게 적혀 있어요. 자리도 다 안 찬 것 같아요. 저 버스만 타면 되는 거였어요!"

"그래… 그럴 수도 있었겠구나."

"마틴하고 둘이서 버스를 타고 오면 되는 거였어요!"

"음…."

"저게 뭐예요?" 엿듣고 있던 마틴이 물었다. "누나, 무슨 말이야?"

"할머니는 알고 계셨죠?"

"뭘 말이니, 아가?"

"버스 말이에요. 알고 계셨던 거죠?"

"음… 내가 깜빡했나 보구나. 나이가 들어서 말이야. 관절염이며 경련에다가 최근에는 숨도 많이 차고…."

"왜 저희를 버스에 태워 보내지 않으신 거예요?"

할머니가 한숨을 쉬었다.

"젬마…."

"네."

"많은 이유가 있단다, 아가. 실은 내가 직접 데려다주고 싶었어. 그리고 마지막으로 메트로 아일랜드에 가보고 싶기도 했고."

"왜 마지막이라고 하시는 거예요?"

"쉬잇, 화낼 거 없단다."

"화 안 났어요, 할머니. 이해가 안 돼서 그래요. 우리가 배를 타고 오는 동안 겪었던 일들을 생각해보세요. 추락할 수도 있었고 죽을 수도 있었어요. 아니, 죽을 뻔했잖아요. 어뢰밭에 통행료 거인에 미치광이가 사는 모텔까지… 겪지 않아도 되는 일이었는데 왜 그러신 거예요?"

"그렇다면 저 학교 버스 안에서 뭘 배울 수 있었겠니?"

"배워요?"

"너희가 저 버스를 탔더라면 아무것도 배우지 못하고 그냥 쉽고 편하게만 이곳에 왔을 거야. 하지만 이 배를 타고 오는 동안 너희는 선원 역할을 해야 했고 때로는 선장이 되기도 했지. 그리고 저기 있는 남자애도…."

할머니가 알랭 쪽으로 고개를 들었다.

"또 두 꼬마 숙녀도 만약 저 버스를 탔더라면 만날 수 없었겠지? 한 애는 계속 쓸쓸히 군인으로 살았을 테고, 또 한 애는 쥐가죽이나 벗겼을 테고, 저기 저 애는 구름사냥을 다니며 얼굴에 흉터 새길 준비를 하고 있었겠지."

"저 애들도 버스에 탔을 수 있죠."

"아니, 그렇지 않았을 거야. 우리를 만났으니까 이곳에 같이 오게 된 거지. 그걸 바로 세렌디피티[serendipity. 뜻밖의 발견, 행운: 옮긴이]라고 한단다."

"그게 무슨 뜻이에요?"

"학교 도서관에 가면 대사전이 있을 테니 거기서 찾아보렴. 가끔은 이렇게 목적지를 직접 찾아가는 게 최선일 때도 있단다. 직접 부딪쳐서 쌓은 경험을 이길 수 있는 건 없어. 이 할머니 생각엔 말이야."

나는 갑판에 아이들을 가득 실은 커다란 학교 버스가 계류소를 향해 가는 걸 지켜봤다. 저 배의 선실은 분명 안락할 테고, 음식이나 샤워 시설도 좋을 것이다. 또 우리가 살던 곳처럼 작디작은 외딴섬들에 들러 아이들을 태운 뒤 메트로 아일랜드로 가는 긴 여정 동안 아이들이 지루해하지 않도록 여러 가지 활동 프로그램을 준비해뒀을 것이다.

하지만 저 아이들은 우리 같은 경험을 해보진 못했다. 그러니까 할머니의 말이 맞다. 우리의 여정은 교육 그 자체였다.

"그래, 이제 다 괜찮은 거지, 아가?"

"네, 괜찮아요. 이렇게 직접 배를 몰고 올 수 있어서 좋았어요."

"재밌었지?"

"글쎄요… 가끔은요."

"그래, 그게 이치에 맞는 거지. 항상 재밌기만 한 건 사실 재미가 아예 없는 거란다."

"왜요?"

"나중에 잘 생각해보렴. 자, 다 왔구나."

하늘자전거를 탄 계류소 직원이 배들 사이를 비집고 다니면서 열정적으로 방향을 지시하며 각각의 배들이 계류할 장소를 안내했다. 우리는 직원의 안내에 따라 배를 묶었다.

"기둥에 적힌 번호 기억해두세요. 안 그러면 나중에 배 못 찾습니다."

"G27이에요."

"손등에 적어놔야겠구나." 할머니가 눈을 가늘게 뜨고 말했다. "내 안경 본 사람 없니?"

"할머니는 원래 안경 안 쓰시잖아요."

"그렇다면 이제 쓸 때가 된 것 같구나."

다른 아이들은 어떨지 모르겠지만, 메트로 아일랜드로 들어가면서 새삼 내가 시골 촌뜨기라는 걸 실감했다.

메트로 아일랜드의 사람들은 보기는커녕 상상도 못해본 세련된 옷차림새를 하고 있었다. 온갖 멋이란 멋은 다 부린 듯 보였다. 잔뜩 멋이 들어간 걸음걸이, 말투, 몸짓, 서 있는 자세마저 그랬다. 그들을 보는 것만으로도 압도되는 기분이 들었다.

할머니가 그런 내 마음을 알아챈 모양이었다.

"쟴마, 저렇게 젠체하는 사람들한테 속으면 안 돼."

"젠체하는 게 뭐예요?"

할머니가 과감하고 사치스럽게 옷을 입고 있는 사람들을 턱 끝으로 가리켰다.

"저런 사람들 말이야. 벗겨놓고 보면 우리랑 다를 게 없는데 말이지. 겉만 번지르르할 뿐 속엔 아무것도 없어. 살과 피밖에 더 있겠니? 우린 이제 저리로 가야겠구나."

학교를 찾는 건 어렵지 않았다. 그저 다른 학부모들이나 아이들을 따라가기만 하면 됐다.

할머니는 우리를 데리고 등록을 담당하는 접수처로 갔다. 주변을 살펴보니 다들 커다란 짐 가방과 바퀴가 달린 캐리어를 갖고 있었다. 반면 우리는 각자 가방 하나가 전부였다. 알랭은 그마저도 없었다.

할머니가 또다시 내 마음을 읽고는 이렇게 말했다.

"그건 걱정하지 않아도 돼. 필요한 건 학교에서 다 줄 거야. 그리고 내가 너한테 돈을 좀 주고 가마."

"우린 돈 없잖아요."

"벤 영감만 몰래 챙겨둔 게 있는 건 아니란다. 나도 너랑 마틴을 위해 돈을 모았지. 너희가 공부하는 동안 쓸 수 있게 말이야."

"할머니…"

"아니, 거절하지 말거라. 이건 너희를 위한 거야. 안전하게 통장에 넣어두고 필요할 때 쓰렴."

"할머니…"

"인사는 이제 그만. 민망하잖니."

우리는 줄을 따라 이동했다. 이윽고 우리 차례가 되었다.

"이름이 뭐죠?"

"피어시입니다." 할머니가 대답했다. "젬마와 마틴 피어시."

담당 직원이 명단을 확인했다.

"네, 확인됐어요."

"혹시 세 명 더 입학 가능한가요?"

"세 명이나요?"

"가능할까요?"

"나이가 어떻게 되죠?"

알랭과 베스, 안젤리카가 각자 자기 나이를 말했다.

"이 아이들도 전부 피어시인가요?"

"그런 셈이죠."

"알겠습니다. 한번 확인을…."

"정부에서 교육을 받고 싶은 어린이 모두에게 무상으로 학비를
지원한다고 했는데…."

"맞아요. 다만 이번 학기 정원이 다 찼는지 확인하려고… 아,
있군요. 될 것 같아요. 저 아이들도 모두 입학 가능해요. 여기 명
찰하고 번호표 받으세요. 옆방에 가면 카드를 들고 있는 선생님
이 있을 거예요. 자기 나이와 맞는 카드 번호를 찾아서 따라가면
돼요."

"고맙습니다."

"별말씀을요. 다음!"

"할머니, 이쪽이에요. 여기요."

하지만 할머니는 우리 쪽으로 오지 않았다.

"아니, 여기부터는 너희끼리 가렴."

그 순간 엄청난 충격이 내 몸을 감쌌다. 갑자기 몸이 떨리고 토
할 것 같은 기분이 들었다. 이렇게 갑자기 헤어질 순 없었다.

"할머니, 안 돼요⋯."

"저기엔 내 나이에 맞는 카드를 들고 있는 사람이 없을 것 같구나."

"하지만 할머니⋯."

"이렇게 가버리면 안 돼요, 할머니."

"가면 안 돼요!"

"가면⋯."

"안 돼요⋯."

"그래, 가지 않을 거야. 여기서 기다리고 있으마. 너희들은 어서 가서 교실을 찾아 앉으렴. 나하곤 이따가 여기서 만나서 함께 저녁 먹으러 가자구나. 어때?"

그래서 우리는 그렇게 했다.

우리는 메트로 아일랜드 시내에 있는 식당에 저녁을 먹으러 갔다. 할머니가 와인을 주문했고, 나이는 어리지만 우리도 맛을 봐야 한다며 와인을 따라줬다. 그래도 물을 조금 섞긴 했다.

할머니가 건배를 제안했다.

"너희들 모두 똑똑해지기를 바라며."

"할머니를 위하여."

우리는 그렇게 외치고 와인을 마셨다.

할머니가 떠난다고 하니 기분이 너무 이상했다. 우리는 다 같이 할머니를 항구까지 바래다줬고, 배에 안전하게 들어가는지 지켜봤다. 할머니가 와인을 거의 다 마셔서 불안했기 때문이다.

"다들 고맙다. 아주 멋졌어. 이보다 멋진 이별은 없을 거야."

"하지만 아직 떠나시는 건 아니죠? 지금 배를 몰고 가지 않으실 거죠?"

"아니, 아니야. 내일 다시 만나자꾸나. 그때 제대로 작별 인사를 해야지."

우리는 할머니와 포옹하고 볼에 뽀뽀를 했다.

"고마워요, 할머니. 저희를 지금까지 키워주시고 학교에도 데려다주시고, 저희한테 집이 돼주셔서 고마워요."

"아니야. 내가 고맙지. 나도 행복했어. 구름사냥꾼들이 너희를 데려오던 날은 솔직히 많이 망설였지만, 이젠 너희를 이 세상, 아니 이 우주의 그 무엇과도 바꿀 수 없을 거야."

"사랑해요, 할머니."

"나도 사랑한다. 당연히 사랑하지. 어떻게 사랑하지 않을 수가 있겠니? 하지만 이제 그만하렴. 눈물 날 것 같으니까."

"사랑해요, 할머니…."

"우리 아기 마틴, 그리고 더 이상 꼬마가 아니지만 우리 꼬마 아가씨 젬마…."

우리 세 사람의 눈가가 마르고 슬픈 감정이 사그라지기까지는 시간이 좀 걸렸다. 알랭과 베스, 안젤리카는 눈치 빠르게 멀찍이서 우리를 기다리고 있었다. 그 아이들도 모두 할머니한테 작별 인사를 했다. 하지만 아주 무겁고 심각한 인사는 아니었다. 내일 할머니를 제대로 환송하기 위해 다시 이곳에 올 거니까. 학교 수

업은 이틀 뒤에 시작될 예정이었다.

"내일 몇 시에 올까요?"

"너무 일찍 올 필요는 없다. 내일 정오 전에는 떠나지 않을 거거든."

"정말 혼자서 괜찮으시겠어요?"

"괜찮지, 그럼. 난 오래된 가죽만큼 단단한걸."

"불멸의 할머니니까요!"

"그렇지, 젬마. 불멸의 존재지."

하지만 할머니는 불멸의 존재가 아니었다. 우리 모두 그렇지 않았다.

다음 날, 다른 아이들은 나와 마틴과 함께 할머니한테 가지 못했다. 학교에 미리 등록하지 않아서 추가로 서류를 작성해야 했기 때문이다. 그래서 나와 마틴만 할머니한테 작별 인사를 하러 항구로 갔다.

할머니의 배만 덩그러니 계류소에 있었다. 다른 배들은 이미 떠난 듯했다.

"할머니!"

나는 부두에 발을 들이자마자 외쳤다.

"우리 왔어요. 일어나셨어요?"

"물건을 사러 가신 거 아닐까?" 마틴이 말했다.

"아니면 어제 술 때문에 곯아떨어지셨는지도 몰라. 배로 가서 아래층에 계신지 보자. 주무시면 깨워드려야지."

"좋아."

마틴이 아래 선실로 내려갔다. 나는 갑판을 정리하고 태양전지
판과 탱크의 물을 확인했다.

"누나…."

"무슨 일이야?"

"누나…."

"마틴, 왜 그러냐니까?"

"할머니를 깨울 수가 없어. 안 일어나셔."

마지막 스카이러너

"제 이름은 젬마 피어시입니다. 지금 여러분처럼 저도 한때 이 학교의 학생이었습니다. 그리고 여러분이 앞으로 그럴 것처럼, 저는 학교를 마치고 사회로 나갔습니다. 제가 이 자리에 서게 된 이유는 교장선생님께서 제게 기조연설을 부탁하셨기 때문입니다. 언젠가 여러분 역시 이런 영광을 누릴 수 있으리라 믿어 의심치 않습니다. 이제 저는 여러분이 지루해하지 않도록 최선을 다해 이야기해보겠습니다. 짧게 하고 끝내도록 하지요.

저는 정식 교육을 늦게 받은 편입니다. 이 학교에 입학할 당시 이미 십대였으니까요. 하지만 여러 선생님의 훌륭한 가르침 덕분에 저와 동생 마틴은 수업을 잘 따라갈 수 있었습니다. 우리는 아주 어렸을 때 부모님을 여의고 고아가 되었습니다. 그때 페기 피어시라는 훌륭한 할머니께서 우리 남매를 키워주셨습니다. 할머니는 우리한테 자신의 성을 물려주셨고, 이 세계의 끝자락에 있는 할머니 소유의 작은 섬에서 우리를 돌봐주셨지요.

페기 할머니는 친척이긴 했지만 가족이라고 보기 어려울 정도로 먼 친척이었습니다. 할아버지의 고모할머니니까요. 페기 할머니는 우리를 맡아 키울 이유가 하나도 없었지만, 그렇게 하셨습니다. 그 생각만 하면 항상 감사한 마음뿐입니다.

만약 페기 할머니한테 교육에 대한 신념이 없었다면, 우리는 할머니 섬에서 그대로 살았을 겁니다. 아마 지금도 거기에 있었겠죠. 하지만 할머니는 우리를 이 학교에 입학시키기 위해 저와 지금은 인터 아일랜드 라인에서 가장 큰 크루즈선의 선장인 제 남동생 마틴을 작은 배에 태워 항해를 시작했습니다.

물론 쉬운 여정은 아니었습니다. 그리고 항해하던 도중 학교에 가고 싶어 하는 다른 아이들을 몇 명 더 태우기도 했습니다. 그 아이들 역시 모두 훌륭하게 자라 현재 각자의 분야에서 이름을 떨치고 있습니다. 그중 한 명인 알랭은 구름사냥꾼 출신으로는 최초로 국회의원이 되었고, 베스는 여러분이 잘 아는 가수가 되었죠. 그리고 아마 우리 중 가장 유명한 안젤리카 테너는 쥐 사냥꾼 소녀의 삶을 그린 동화책을 출간해 출판계에 돌풍을 일으켰습니다. 이 책은 이미 영화화 작업이 진행되고 있고, 후속 작품들도 출판 예정이라고 합니다. 혹시 안젤리카가 너무 바빠서 교장 선생님이 제게 연설을 부탁하신 건 아닌지 모르겠네요.

저는 돈이 많거나 유명한 사람은 아닙니다. 모르는 분들을 위해 제 소개를 하자면 저는 무료 병원선에서 사람들의 눈을 수술

하고 있습니다. 저와 동료들은 전 세계를 돌아다니면서 시력을 잃을 위기에 처한 수많은 사람들을 치료하고 있습니다. 수술비는 전액 무상이며 기부금으로 운영됩니다.

저는 메트로 아일랜드에 온 이후 항상 남을 돕는 일을 하고 싶다는 생각을 했습니다. 가끔은 내가 왜 이런 생각을 할까 고민도 해봤죠. 그리고 시간이 흐른 뒤, 그 답을 알게 되었습니다. 교육은 위대한 것입니다. 하지만 학교는 여러분에게 모든 걸 가르쳐주지 못합니다. 우리는 자기도 모르는 사이에 습득하는 것들이 있거든요. 꽃을 문지르면 꽃가루가 달라붙듯이 자연스럽게 터득하는 거죠. 그리고 이렇게 배운 것들은 평생 우리의 기억 속에 남게 됩니다. 이런 것들은 우리가 잘되길 바라는 주변 사람들에게서 주로 배웁니다.

제가 여기에 오게 된 이유는 또 있습니다. 여러분에게 미래에 대한 조언을 해주는 것뿐만 아니라, 우리에게 모든 걸 베풀어주신 페기 할머니와 이 학교에 감사의 마음을 전하기 위해서입니다.

약속한 것처럼 짧게 이야기하고 마치겠습니다. 저는 여러분에게 엄청난 조언이나 충고는 드릴 수 없습니다. 단, 최대한 즐기시길 당부합니다. 이곳은 여러분에게 기회가 되어줄 것입니다. 모든 사람이 누릴 수 있는 것이 아닙니다. 하지만 저는 이 기회를 누렸고, 여러분 역시 지금 이 기회를 잡았죠.

마지막으로, 메트로 아일랜드 항구에 떠 있는 박물관 안에는 낡은 배가 한 척 있습니다. 시간이 되면 한번 구경하러 가보세요.

그 배의 이름은 '항해자'라고 합니다. 꽤 작고 말로는 뭐라 형용할 수 없지만 굉장한 역사가 담긴 특별한 배랍니다. 그 배의 갑판에 서면 지나온 시간들을 느낄 수 있을 정도죠. 그 배가 항해해온 여정에 대해서도 간단하게나마 읽어볼 수 있습니다. 물론 지금은 그렇게 작은 배로 엄청난 항해를 할 생각은 결코 못 하겠죠. 예전에는 그렇게 작은 배들을 스카이러너(Sky-runner)라고 불렀는데, 그 배가 마지막 남은 스카이러너예요. 아마 제가 유명해진 것도 다 그 배 덕분일 겁니다. 저는 마지막 스카이러너를 타고 항해했었습니다. 그 작은 배와 그 배의 주인 할머니가 없었다면 저는 지금 이 자리에 없을 겁니다.

되돌아보면 그때가 제 인생에서 가장 아름다운 시간이 아니었나 생각해봅니다. 저는 항해를 하면서 아주 많은 것을 배우고 경험했습니다. 그때는 그게 그렇게 특별한 것인지 몰랐죠. 우리를 키워주신 할머니에 대해서도 대단한 분이라고 생각하지 못했고요. 그러니까 제가 하고 싶은 말은 기회를 잡으면 최선을 다하라는 겁니다. 그리고 사랑하는 사람들에게 사랑한다고 말하는 걸 주저하지 마세요. 할 수 있을 때 많이 하세요. 행운을 빌게요. 꼭 말하세요. 사랑하는 사람들이 언제 여러분의 곁을 떠날지 모르는 거니까요. 진부한 말이겠지만 이건 변치 않는 진실입니다.

제 이야기를 들어주셔서 감사합니다. 이제 다들 기다리는 점심 시간인 것 같네요.

아, 잊기 전에 한 가지 더 말할 게 있습니다. 항구 아래 박물관으로 항해자를 보러 가게 되면 그 배에 살고 있는 하늘고양이를 한 마리 만나게 될 거예요. 그 고양이는 아주 오랫동안 거기에 살았고, 그 누가 설득해도 떠나지 않았죠. 하지만 다행히 잘 먹고 잘 지내고 있답니다. 여러분이 녀석을 귀여워해주고 쓰다듬어주면 친구가 될 수 있을 거예요. 고양이의 이름은 버찌랍니다.

제 생각에 녀석은 누군가가 집으로 돌아와주길 기다리고 있을 거예요.

그런데 그 사람이 돌아올 수 없다는 걸 이해하지 못하죠."